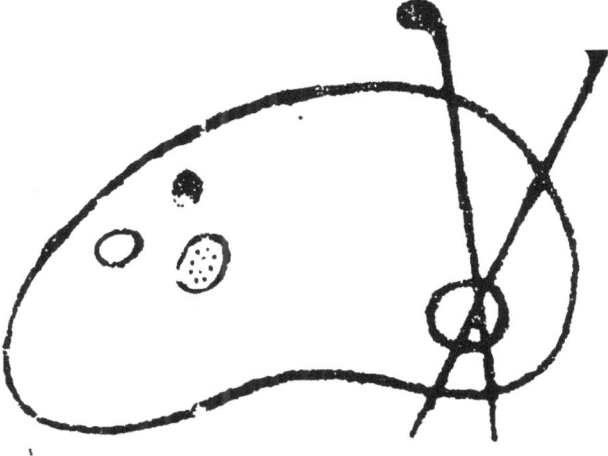

Début d'une série de documents
en couleur

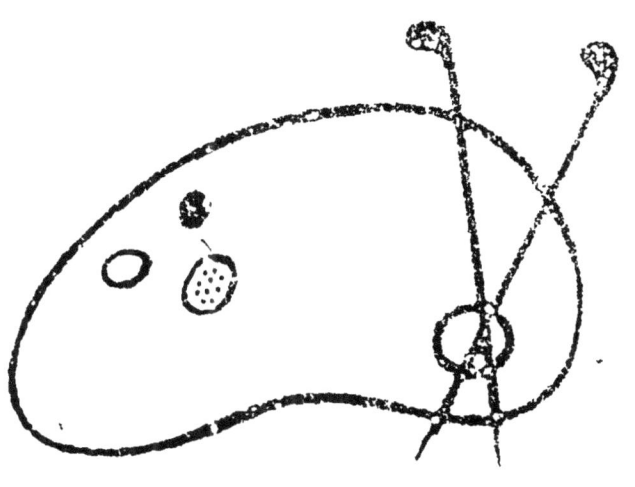

Fin d'une série de documents
en couleur

VICTIMES DU LUXE

PREMIÈRE SÉRIE IN-8°

Un des officiers lui arrêta le bras... (page 68)

Miss EDGEWORTH

VICTIMES DU LUXE

SUIVI DE

MURAD L'INFORTUNÉ
LES GANTS DE LIMERICH

TRADUCTION NOUVELLE

PRÉCÉDÉE D'UNE NOTICE

Par Léon CHAUVIN

QUATORZE GRAVURES

LIMOGES

EUGÈNE ARDANT & Cie

ÉDITEURS

NOTICE

Miss Maria Edgeworth est née en 1770, dans le comté d'Oxford. A la suite d'un héritage de famille, elle quitta l'Angleterre pour aller habiter l'Irlande, où elle vécut jusqu'en 1849.

Son père, qui s'était marié trois fois, eut vingt et un enfants. Elle était l'aînée, et c'est en élevant ses frères et sœurs qu'elle acquit une grande expérience dans l'art de diriger l'enfance. Elle eut l'heureuse idée d'écrire les résultats de ses observations et se fit ainsi une place très honorable dans la galerie des écrivains éducateurs. Son *Essai sur l'éducation pratique* est encore lu et commenté dans les traités de Pédagogie.

Mais Miss Edgeworth est surtout connue

par de nombreux contes, qui ont fait les délices de plusieurs générations et qui sont restés populaires chez ses compatriotes. Ses historiettes ont été comparées quelquefois à celles de Berquin. Elle y décrit avec amour les mœurs de l'Irlande, sa patrie d'adoption; elle y donne aussi, avec un esprit plaisant et un rare bon sens, d'excellentes leçons pour la vie pratique. Sous ce dernier rapport, on aurait pu également comparer miss Edgeworth à Franklin. Ces deux aimables moralistes ont la même conception d'une existence probe, laborieuse, prudente, digne avec simplicité, et bienfaisante envers autrui. Leurs méthodes seules sont un peu différentes : l'un (Franklin) a recours à l'aphorisme, à l'allégorie et à l'anecdote piquante, tandis que l'autre renferme ses enseignements dans de petits romans, champêtres ou bourgeois, pleins de grâce et de bonne humeur.

Ajoutons, et ce n'est pas un petit mérite,

que c'est en lisant les œuvres charmantes de Miss Edgeworth, que Walter Scott conçut le projet, si merveilleusement réalisé, de peindre les mœurs et les frais paysages de sa chère Ecosse.

Le lecteur trouvera ci-après quelques-uns des plus jolis contes de Miss Edgeworth. Il serait superflu d'en dire davantage pour les recommander à la jeunesse de nos écoles.

L. CHAUVIN.

Il se donnait les dehors d'un parfait gentleman. (page 13)

VICTIMES DU LUXE

I. — DÉPENSONS AUJOURD'HUI, NOUS ÉPARGNERONS
DEMAIN

Léonard Ludgate était le fils unique et l'héritier d'un mercier de Londres, qui avait gagné quelque argent par son assiduité au travail. *Pas de dettes, pas de danger*, était le dicton favori de son vieux père; la maxime plus libérale du fils était : *Dépensons aujourd'hui, nous épargnerons demain*. Tant qu'il fut sous l'œil de son père, il n'eut pas le pou-

voir de vivre selon ses principes, et il soupirait
après le temps où il serait débarrassé de son poste
derrière le comptoir, poste qu'il jugeait indigne d'un
jeune homme de sa fortune et de son esprit. Empri-
sonner son élégante personne derrière un comptoir
dans Crambourne-Alley était certainement un cruel
abus de pouvoir de son père; mais la tyrannie, du
moins, ne pouvait s'étendre jusqu'à son âme, et, tout
en pesant de petites épingles, ou en mesurant pour
un penny de ruban, il abandonnait par la pensée ces
menus détails, et faisait une excursion dans Bond-
Street ou Hyde-Park.

Pendant que ses doigts rangeaient mécaniquement
les rayons ou balayaient soigneusement la boutique,
son imagination montait un magnifique cheval, en
compagnie de Tom-Lewis, ou donnait le bras à miss
Belle Perkins.

Tom-Lewis était un jeune fashionable, que le
vieux Ludgate ne pouvait souffrir, et miss Belle
Perkins était une petite personne qu'il avait défendu
à son fils de prendre pour femme. Enfin le moment
heureux arriva. Notre héros put dès lors montrer
comment il méprisait les avis et le souvenir de son
père. Il put, enfin, quitter son coin derrière le
comptoir, mettre de côté la boutique, prendre la

cravache et se donner tous les dehors d'un parfait gentleman.

Dès lors, Léonard brilla de toutes les splendeurs que pouvaient répandre, sur sa personne, les talents réunis du tailleur, du chapelier et du bottier. Miss Belle Perkins, qui, jusqu'ici, l'avait regardé comme un reptile enfoui dans son trou de Crambourne-Alley, ne vit pas cette métamorphose sans un peu d'admiration. Et, quoiqu'on lui eût entendu dire plus d'une fois, qu'elle ne voudrait pas le toucher, même avec des pincettes, elle ne fit aucune difficulté de le faire inviter, par sa mère, à sa maison de Bagniggewells. L'histoire rapporte qu'au thé, miss Belle Perkins lui dit tout bas, mais assez haut pour qu'on l'entendît, que, depuis la mort de son ridicule père, il avait pris des formes plus aimables qu'on ne l'espérait.

Il répondit à ce compliment, et la dame, prenant un air aimable et approprié à la circonstance, eut la bonté de se faire inviter, avec sa mère et une amie, à venir voir la maison de Crambourne-Alley, pour juger si cette demeure était digne d'une personne de son goût et de sa qualité.

Comme Léonard lui donnait la main pour l'aider à descendre de voiture, elle s'écria :

— Miséricorde! faut-il passer par cette allée pavée et à travers cette boutique pour trouver des appartements convenables?

— Je suis sur le point d'établir un corridor à travers la boutique, reprit notre héros; il y a long-temps que j'en ai l'idée, mais je ne sais comment y faire pénétrer la lumière.

— Oh! une lampe, en forme de chandelier, éclairera suffisamment pendant la nuit, qui est le temps où l'on doit recevoir la compagnie; pour le jour, nous trouverons bien quelque expédient.

Léonard accéda promptement à cette idée d'un passage obscur pendant le jour éclairé la nuit. Il entraîna sa compagnie à travers l'odieuse boutique, jusqu'aux appartements convenables. Miss Belle visita tout et trouva que chaque partie de la maison avait grand besoin d'être *modernisée*. Tout était plus mesquin qu'elle ne l'avait cru.

Léonard, désireux de montrer son esprit et son bon goût, déclara qu'il était disposé à adopter toutes les améliorations que miss Belle Perkins pourrait suggérer. Il déclara qu'il avait eu déjà cent et cent fois les mêmes idées pendant la vie de son pauvre père, mais qu'il n'avait pu les faire entrer dans la tête du vieux gentleman, dont les idées étaient

excessivement étroites, pour ne pas dire mauvaises.

— Il n'avait à la·bouche qu'une maxime, dont il
m'a bien fatigué les oreilles. C'était sa réponse à
tout ce qui portait le cachet de la mode ou un air de
grandeur !

— Allen, continua-t-il, en regardant par dessus
son épaule un jeune homme courbé sur des chiffres,
vous souvenez-vous de la maxime du vieux?

— Oui, Monsieur, répliqua le jeune homme ; si
vous en avez besoin, je puis vous la dire : *Pas de
dettes, pas de danger.* J'espère ne l'oublier jamais.

— Je l'espère aussi. Vous avez votre fortune à
faire; elle est bonne pour vous. Mais, pour quelqu'un
qui n'a plus qu'à dépenser, je dois avouer que mon
principe vaut un million. Ma maxime la voici :
*Dépensons aujourd'hui, nous épargnerons de-
main.* Qu'en dites-vous, Mesdames? conclut
Léonard, en s'adressant d'un air de triomphe à sa
compagnie et comptant sur une complète appro·
bation.

— Elle entre parfaitement dans mes idées, je
l'avoue ingénuement, dit Belle. Mais il y a ici quelqu'un... — Où êtes-vous, Lucy? poursuivit-elle, s'a-
dressant à son humble compagne — il y a ici quel-

qu'un qui pense plutôt comme votre commis. *Pas
de dette, pas de danger*, est un proverbe bon pour
vous, n'est-ce pas, Lucy?

Lucy n'en disconvint pas.

— Bien, dit miss Perkins ; aussi bien n'avez-vous
pas de fortune à dépenser.

— C'est vrai, répondit Lucy avec modestie et
fermeté. Je n'ai point de fortune, et si je devais
dépenser aujourd'hui et épargner demain, je serais
obligée de dépenser l'argent des autres ; ce que je ne
veux pas faire, car je tiens à mon indépendance.

— Vous êtes prudente, dit miss Belle d'un ton sar-
castique.

Léonard s'associa à ce sarcasme par ses regards ;
mais Allen déclara qu'il était fier que Lucy fût de
son avis.

Une dispute s'en serait suivie, si la collation,
comme M. Ludgate l'appelait, n'eût fait son apparition en ce moment critique. De quoi elle se compo-
sait, et comment notre héros en fit les honneurs,
nous n'avons pas à le dire. Mais, nous ne devons pas
omettre une circonstance toute matérielle, de laquelle dépendait le succès de la journée : en cherchant un tire-bouchon sur un pupitre, le jeune
Ludgate eut l'occasion d'ouvrir et de secouer un

portefeuille, d'où s'échappa une pluie de bank-notes.
Miss Belle Perkins, après cette visite domiciliaire,
consentit à accompagner notre héros, le dimanche,
aux jardins de Kensington; le lundi, à Saddlers'-
Wells; le mardi, dans une promenade sur l'eau;
le mercredi et le jeudi, je ne sais plus où; le vendredi, au Vauxhall; le samedi, à l'autel.

Quelques personnes pensèrent que la jeune dame
et le jeune gentleman s'étaient un peu trop pressés;
mais, c'étaient des gens à l'esprit étroit, et qui, de
l'avis de la mariée, n'entendaient rien à ces sortes de
choses. Ceux qui connaissaient un peu mieux le
cœur humain, comprirent parfaitement comment
une dame peut penser aujourd'hui qu'un homme
est si odieux qu'elle ne voudrait pas le toucher
même avec des pincettes, et demain ne faire aucune
difficulté de lui accorder sa main. La cérémonie ter-
minée, M. et Mme Ludgate descendirent en bateau
jusqu'à Margate, pour y passer quelques jours, qui,
hélas! ne purent être éternels. Le jour vint trop tôt
où il fallut songer au retour!

La maison! avec quelles différentes sensations
chacun prononce ce mot? La demeure de Mme Léonard Ludgate, dans Crambourne-Alley, lui parut,
comme elle n'eut pas honte de le dire, un séjour in-

supportable après Margate. Des changements avaient
été stipulés ; son mari eut beau lui dire qu'ils avaient
été faits, mais aucun d'eux n'avait été exécuté à son
entière satisfaction. L'expérience du passage obscur
n'avait pas réussi. Si on laissait une porte ouverte
pour donner du jour, on sentait un vent violent qui
s'engouffrait dans la maison, la remplissait entièrement et faisait fumer les cheminées, surtout celle de
la cuisine, ce qui rendait la maison à peine habita-
ble. Les fumistes les plus connus avaient en vain été
consultés ; le passage obscur fut enfin abandonné, et
la dame, à son entier désappointement, fut obligée
de passer par la boutique.

Pour se dédommager, elle voulut faire abattre la
cloison qui séparait la salle à manger de sa chambre
à coucher, afin d'avoir un appartement assez grand
pour recevoir de la compagnie. Ce fut en vain que
Lucy, son amie, qu'elle avait appelée pour l'aider à
choisir les tentures, lui représenta que ce projet aurait bien des inconvénients. La conséquence serait
d'obliger M. et Mᵐᵉ Ludgate, par suite de cet arran-
gement, à coucher dans la moitié du grenier de la
servante, ou à veiller toute la nuit. Cette objection
fut résolue par Mᵐᵉ Ludgate, dont le génie si fertile
en expédients, ne se trouvait jamais embarrassé.

Elle parla de placer dans la salle à manger un lit en forme de canapé.

— L'appartement agrandi, disait-elle, répondait au double but d'utilité et d'agrément; aussitôt qu'on aura enlevé le souper et les tables de jeu, on pourra dresser le canapé-lit.

Elle assura que les premières maisons de Londres n'agissaient pas autrement. Léonard ne pouvait contredire sa femme, car elle avait un moyen facile de le réduire au silence. Elle n'avait qu'à lui demander où il avait pu apprendre quelque chose de la vie, lui qui avait l'habitude de ne sortir que le dimanche de son trou de Crambourne-Alley. Si quelques-unes des idées d'économie de son vieux père lui revenaient par hasard à l'esprit, Belle lui demandait judicieusement pourquoi il l'avait prise pour femme.

— Puisque vous avez, lui disait-elle, une femme de mon rang, il convient que vous vous conformiez à son genre de vie et que vous la traitiez avec les égards que ses parents ont le droit d'attendre de vous. Avant que je vous eusse donné ma main, Monsieur, on n'avait jamais vu les Perkins dans le commerce, ni directement ni indirectement. De là vient que, depuis mon mariage, j'ai éprouvé bien du mépris, j'ai reçu bien des reproches de la part de

mes parents et de mes anciennes connaissances, qui
savent parfaitement que les Ludgate étaient boutiquiers. Je leur ai toujours répondu que mon Léonard
est sur le point de se laver de cette tache, et d'abandonner ses intérêts dans la mercerie au jeune
homme du rez-de-chaussée qui est plus propre que
lui à ces sortes de choses.

Ainsi, tantôt en piquant, tantôt en flattant sa
vanité par des discours semblables, notre femme ac-
complie gagnait son mari à ses desseins. Elle eut
une réception une fois par semaine. Son salon était
si rempli qu'on pouvait à peine respirer. Nonobstant
tout cela, elle déclara un matin qu'elle était la femme
la plus malheureuse du monde. Pourquoi? Parce que
son amie Mme Pimlico, qui n'était que miss Coxeater,
avait une maison dans Weymouth-Street, tandis
qu'elle était forcée de vivre enterrée dans Crambourne-Alley. M. Ludgate fut ému des larmes de sa
femme et, sa propre vanité aidant, il prit une maison
dans Weymouth-Street. Mais, avant six semaines,
la belle fondit de nouveau en pleurs. Et pourquoi?

— Parce que, disait-elle, l'ameublement de cette
maison est aussi vieux que Mathusalem. Mon amie,
Mme Pimlico, m'a dit hier qu'il faisait honte à voir,
comparé au sien, qui est tout flambant neuf. Que

vient-elle faire ici avec ses remarques dédaigneuses sur mes meubles ou autre chose? Qu'était-elle avant son mariage? La petite Kitty Coxeater, comme nous l'appelions à l'école. Personne ne s'est jamais avisé de la comparer à Belle Perkins. Quoiqu'elle soit mon amie, je dois reconnaître qu'elle aurait tous les habits du monde, qu'elle ne saurait se mettre convenablement. Comme chacun sait, elle n'aurait jamais trouvé un mari sans son argent; et, après tout, quel mari a-t-elle pris? Un parfumeur, dont le visage ressemble à ses savonnettes. Je déclare que j'aurais mieux aimé ne jamais me marier que de prendre M. Pimlico.

Léonard Ludgate approuva si bien le bon goût de sa femme qui l'avait portée à le préférer à M. Pimlico, qu'il n'eut pas la liberté de suivre son propre jugement dans l'affaire des meubles. Il reconnut que les Ludgate ne devaient pas se montrer inférieurs aux Pimlico. La conclusion fut ce qu'elle devait être.

Léonard, suivant sa maxime favorite : *Dépensons aujourd'hui, nous épargnerons demain*, résolut de meubler sa maison cette année et de payer l'année suivante. Ce qui eut lieu immédiatement, et ce principe fut étendu à tout ce qui concernait le ménage, autant du moins que les fournisseurs voulurent le permettre.

Ainsi M. et Mme Ludgate devinrent, par des moyens semblables, insensibles pour le moment aux difficultés qu'ils se préparaient pour l'avenir. On lutta avec les Pimlico et avec les nouvelles connaissances, qui étaient beaucoup plus riches. Cette lutte futile n'eut pas de fin. Ceux qui estiment le bonheur, non d'après les avantages dont ils jouissent, mais en comparant leur sort avec celui de leurs voisins, sont exposés à des mécomptes et à des mortifications de tous les instants. Loin de se trouver plus heureux, M. et Mme Ludgate devinrent beaucoup plus infortunés après leur déménagement dans Weymouth-Street. Ne valait-il pas mieux être les premiers de Crambourne-Alley que les derniers de Weymouth-Street? De nombreux besoins, de nouveaux désirs les assaillirent perpétuellement.

— Nous devons vivre comme les autres. Tout le monde, c'est-à-dire le monde de Weymouth-Street, fait ceci ou cela; dès lors, il faut que nous fassions la même chose. Nous devons aller à tel endroit, nous devons avoir tel objet, non parce que cela est en soi nécessaire, mais parce que tout le monde, c'est-à-dire le monde de leurs connaissances, le possède.

Parfois, il ne leur était pas facile de se mettre sur le même pied que leurs nouveaux voisins. Souvent aussi, ils s'exposaient à des maladresses ou à des humiliations pour vouloir simplement les égaler ou se faire admettre à leurs parties. L'émulation les portait sans cesse à rechercher les distinctions. Le désir d'atteindre un peu plus haut mène au bien ou entraîne à l'abîme, suivant les objets de notre ambition. Un artiste ne prend pas plus de peine pour surpasser Raphaël ou le Corrège que n'en prirent M. et Mme Ludgate pour éclipser M. et Mme Pimlico. Ce qu'ils avaient fait jusqu'alors comptait pour rien; ce qu'ils devaient faire, était l'objet de leurs pensées. Aucune préoccupation d'économie ne pouvait les arrêter sur le penchant de leur ruine. Fidèle à sa maxime, notre héros ne se refusait rien.

Si parfois il s'apercevait que telle dépense dépassait ses moyens, sa femme bannissait ce souci par cette observation :

— Nous ne payerons pas de suite. Pourquoi s'inquiéter, puisque nous ne payerons que l'année prochaine ?

Elle avait nombre de réponses semblables adaptées à toutes les occasions. Souvent l'objet en question n'était qu'une bagatelle qui ne pouvait ruiner.

— Ce n'est qu'une guinée, ce ne sont que quelques schellings, disait-elle ; ce n'était qu'une misère qui ne pouvait ruiner, et puis ce n'était qu'une fois en passant. *Ce n'est que* est une expression bien dangereuse. Combien de guinées se dépensent dans l'année avec le *ce n'est que*, dans une ville comme Londres?

Des marchés, d'excellents marchés, étaient pour notre héroïne des occasions admirables de dépenses.

— Nous devons positivement acheter ceci, mon ami ; ce serait un crime de laisser échapper cette occasion. Mme Pimlico a payé deux fois aussi cher pour quelque chose qui n'est pas moitié aussi bon. Ce serait une honte et une preuve de mauvais goût de ne pas profiter d'un tel marché.

Mme Ludgate était une de ces femmes qui pensent qu'il est plus raisonnable d'acheter une chose, parce que c'est une bonne occasion, que parce qu'on en a besoin. Aussi elle ajoutait :

— Si nous n'en avons pas besoin aujourd'hui, nous pourrons en avoir besoin demain, et nous serons bien aises de le trouver.

En parlant de marchés, nous ne devons pas oublier les ventes au rabais. MM. Run et Raffle donnaient avis d'une vente au rabais d'anciens fonds de magasin. Tout le monde y courait dépenser son argent et Mme Ludgate avec les autres.

Une chose cependant était désagréable dans ces ventes au rabais : il fallait payer comptant, ce qui ne convient guère à ceux qui vivent selon la maxime adoptée dans la famille. Il y avait cependant une raison qui contrebalançait cet inconvénient dans l'esprit de Mme Ludgate : Mme Pimlico allait chez MM. Run et Raffle.

— Que penserait-elle, si je n'étais pas là? Elle croirait, j'en suis sûre, que nous sommes aussi pauvres que Job?

Et, pour prouver qu'elle avait de l'argent de reste, elle devait de toute nécessité aller à la vente au rabais.

— Belle, dit un jour son mari, l'argent comptant est une chose précieuse !

— Oui, Léonard, quand on ne peut payer autrement, il n'est pas facile de s'en passer.

— Mais, si on n'en a pas, je dis qu'il faut s'en passer, ajouta Léonard pensif.

— Grand Dieu! Monsieur Ludgate, si vous n'en avez pas, ne pouvez-vous envoyer dans Crambourne-Alley, chez M. Allen, chercher quelque

chose pour moi? Je n'ai besoin que de quelques guinées, et ce serait une honte de manquer de telles
occasions... des choses qui se donneront pour
rien chez MM. Run et Raffle. Ces ventes au rabais
sont bien extraordinaires. Personne ne se ruinera
pour avoir dépensé une guinée une fois en passant.

Comme conclusion de cet éloquent discours,
Mme Ludgate sonnait un domestique, sans attendre
l'assentiment de son mari, et lui donnait l'ordre de
courir à la boutique et de prier Allen de lui envoyer
dix guinées tout de suite.

M. Ludgate devint de mauvaise humeur, siffla et
se plaça à la croisée du parloir pour attendre le
retour du commissionnaire.

— Je m'étonne, Léonard, continua Mme Ludgate,
que vous permettiez qu'Allen vous laisse sans argent. C'est très désagréable d'envoyer ainsi hors de
la maison chercher quelques misérables guinées.
Allen, j'en suis sûre, agit fort mal envers vous; il
marcherait autrement, si j'étais à votre place. Dites-
moi je vous prie, si quand vous lui avez laissé les
affaires de la boutique, vous ne deviez pas avoir la
moitié des bénéfices pour la clientèle, le nor, et le
reste?

— Oui.

— C'est bien; alors pourquoi ne surveillez-vous pas Allen et ne le forcez-vous pas à vous payer ce qu'il nous doit?

— Je m'en occuperai demain, mon enfant.

— Combien pensez-vous qu'il nous doive?

— Je ne puis le préciser, Madame !

— Je désire alors que vous régliez vos comptes avec Allen, afin que je puisse avoir de l'argent.

La dame parut se complaire dans l'idée qu'elle aurait de l'argent, et qu'il ne fallait pour cela que régler les comptes avec Allen. Son mari aurait dû l'éclairer là-dessus, et lui dire qu'il ne lui était pas dû un farthing; qu'au contraire, il avait pris d'avance la moitié du bénéfice présumé de l'année suivante. Mais M. Ludgate était honteux de laisser connaître à sa femme la situation réelle de ses affaires. Bien plus, il craignait que son visage ne trahît sa préoccupation à cet égard,

— Voici le domestique qui revient, dit-il, après avoir regardé quelque temps à la croisée.

Léonard vint jusqu'à la porte de la rue à sa rencontre, et Belle, qui marchait sur ses talons, s'écria :

— Eh bien! j'espère qu'Allen m'a envoyé quelque argent.

— Je ne sais, dit le garçon essoufflé, mais j'ai ici
pour mon maître une lettre qui, heureusement, avait
été écrite avant mon arrivée.

Léonard décacheta la lettre et Belle attendit pour
voir si elle renfermait de l'argent.

— Le drôle ne m'envoie pas d'argent, mais seulement une lettre et un compte long comme d'ici à
demain.

— Pas d'argent! s'écria Belle. Il agit bien vilaine-
ment avec nous! Je m'étonne que vous supportiez
cette conduite. Pour moi, je ne puis la supporter.
Retournez, Jack, je vous l'ordonne, courez dès ce
moment dire à Allen de venir ici lui-même, car moi,
Mme Ludgate, j'ai à lui parler.

— Non, ma chère, ce ne serait pas sensé; ne le
faites pas, Jack. Qu'amènera votre conversation
avec Allen? Que ferez-vous? Comment réglerez-
vous les comptes avec lui? Est-ce que les femmes
connaissent quelque chose aux affaires? Les femmes
ne devraient jamais se mêler de ce qu'elles ne com-
prennent pas.

— Les femmes en connaissent assez quand elles
ont besoin d'argent, dit aigrement la dame. En deux
mots, comme en cent, je veux régler moi-même avec

Allen et le mettre à la raison, si vous ne le voulez pas, et cela tout de suite.

— Dieu me bénisse ! sur ma foi, Allen agit mieux que nous ne le pensions. Voici une bank-note dans le compte, dit M. Ludgate.

— Ah ! je savais bien qu'il n'est pas assez impertinent pour refuser, quand c'est moi qui demande. Mais il n'y a qu'un billet de cinq livres, et j'en ai demandé deux. Où est donc l'autre ?

— J'en ai besoin, dit le mari.

Le ton était si absolu qu'elle n'osa pas insister. Elle alla chez MM. Run et Raffle, et eut le plaisir d'acheter un lot d'objets qui ne pouvaient en rien lui servir et de les payer le double de leur valeur. Les ventes au rabais reviennent cher à bien du monde.

Pendant que Mme Ludgate passait sa matinée chez MM. Run et Raffle, son mari se promenait avec Tom Lewis dans Bond-Street.

Tom Lewis, étant d'un degré plus élevé en noblesse, était invité à des parties où Ludgate n'était pas toujours admis ; il était salué par des gens qui ne saluaient jamais Léonard Ludgate ; il pouvait dire à qui appartenait cette livrée ou cet équipage, connaissait tout le monde et abordait familièrement un lord par ci, une lady par là, au parc ou au spectacle.

Tout cela en faisait un personnage d'importance aux yeux de notre héros, qui le regardait comme le modèle des gens à la mode. Tom prenait avantage de cette admiration, et soutirait à Léonard plus d'une guinée dans les promenades du matin. En retour, il introduisit M. Ludgate chez quelques-uns de ses amis et à son club.

De nouvelles occasions, ou plutôt de nouvelles nécessités de dépenses survinrent par suite de cette liaison avec Lewis. Tout en s'efforçant de se bien faire venir d'un jeune homme d'esprit, Léonard ne pouvait vivre comme le commun, il ne pouvait songer à l'économie : c'eût été petit. Sur sa fortune reposaient ses droits au respect de ses nouveaux amis, et, dès lors, il devait bien prendre garde à ne pas diminuer l'opinion qu'ils avaient de ses richesses

Pendant quelque temps, cette folie ne fut point arrêtée par le besoin d'argent, parce qu'il reculait les époques des payements. A la fin, les mémoires tombèrent chez lui, les demandes incessantes des fournisseurs le poursuivirent, mais il surmonta ces difficultés en envoyant les créanciers à Allen.

— Allez voir Allen, il réglera avec vous, c'est lui qui fait mes affaires, leur disait-il.

Allen lui remit compte sur compte avec le détail

des sommes payées pour lui par son ordre. Ludgate
les enferma sans les lire dans son secrétaire et n'y
pensa plus. Son associé vint le voir, l'engagea à
régler ses affaires, car chaque jour il s'enfonçait de
plus en plus dans les dettes. Léonard voulut avoir un
compte détaillé et complet. Il promit de s'en occuper le lundi ; du lundi, on remit au mardi, et ainsi de
suite, de jour en jour.

Plus il avait de raisons pour comprendre que ses
affaires étaient en mauvaise voie, plus il prenait de
précautions pour le cacher à sa femme. L'ignorance
où il la laissait à cet égard, l'entretenait dans son
extravagance, mais aussi elle amena une explosion
plus tôt qu'on ne s'y attendait.

Après avoir passé sa matinée chez MM. Run et
Raffle, M⁰ᵉ Ludgate retourna chez elle avec une voiture pleine d'objets achetés. Comme elle entrait
dans l'antichambre, chargée de choses dont elle n'a-
vait que faire, elle fut surprise d'y voir son ancienne
amie, que, depuis quelque temps, elle avait traitée
comme une étrangère. C'était Lucy qui avait été autrefois sa favorite, et qui, pour se rendre indépendante, avait préféré le travail à l'avantage d'être à
charge à ses amies. Mᵐᵉ Ludgate ne pouvait reconnaître une personne qui s'était dégradée au point de

devenir ouvrière chez un tapissier. En conséquence,
elle n'avait plus vu Lucy depuis lors, excepté quand
elle vint chez M. Beeck, le tapissier, pour son nouvel
ameublement. Elle était en compagnie de Mme Pimlico, et, en voyant Lucy à l'ouvrage, avec deux ou
trois jeunes ouvrières, elle fit semblant de ne pas la
connaître. Lucy put à peine croire que cela eût été
fait à dessein, et, à tout évènement, elle ne fut point
blessée de cette insulte. En ce moment, elle était
venue parler à Mme Ludgate de la note du tapissier.

— Ah! Lucy, c'est vous! dit Mme Ludgate en en-
trant, je ne vous avais pas vue encore dans Weymouth-Street. Pourquoi n'êtes-vous pas venue?
quand ce n'eût été que pour voir notre nouvelle maison. J'aurais été heureuse de vous recevoir, quand
nous n'avons pas d'invités. Je suis contrariée de ne
pouvoir vous offrir de partager aujourd'hui notre
dîner, parce que je suis invitée chez la cousine de
Mme Pimlico, la petite Mme Paget, une nouvelle mariée dont vous avez probablement entendu parler.
Vous voudrez bien m'excuser si je vous quitte pour
aller m'habiller, car c'est horriblement loin.

Après avoir prononcé ces paroles avec ce ton et
cette volubilité qui n'appartiennent qu'aux supérieurs, elle plaça devant Lucy quelques-uns de ses

achats et se retira dans son cabinet de toilette ; mais
Lucy l'arrêta, en lui disant :

— Ma chère Madame Ludgate, je suis fâchée de
vous retenir; mais M. Beech, le tapissier, sachant
que j'ai été liée avec vous, m'a envoyée vous pré-
senter cette note. Il a en ce moment grand besoin
d'argent, car il est sur le point d'envoyer un de ses
fils aux Indes Orientales.

— Bien, mais ce fils ne m'est rien à moi. Je ne veux
pas payer encore cette note. Vous pouvez lui rapporter ma réponse.

— Mais, dit Lucy, si je lui rapporte cette réponse,
je crains qu'il n'envoie le compte à M. Ludgate, ce
que vous l'avez prié avec instance de ne pas faire.

—Oh ! non, je ne puis lui en parler. Je désire beaucoup n'y être pas obligée, du moins quant à présent,
dit-elle, en abaissant la voix, parce que, pour vous
dire une partie de mon secret, j'ai, cette année, à
payer un maudit compte à ma modiste et à ma tail-
leuse, et je ne voudrais pas avoir tous les comptes à
payer à la fois, surtout après avoir dépensé pour mon
ameublement plus que M. Ludgate ne sait. Ainsi, ma
chère Lucy, je vais vous dire ce que vous devez faire.
Usez de votre influence auprès de Beech, pour l'engager à attendre un peu plus. Je suis sûre qu'il le

fera volontiers, et je le payerai le mois prochain.

Lucy déclara que son influence, en cette occasion, ne produirait aucun effet ; mais elle eut la bonté d'ajouter :

— Puisque vous êtes sûre de payer le mois prochain, je laisserai jusqu'à cette époque aux mains de M. Beech mon salaire de deux ans. Il s'en contentera peut-être, s'il fait d'autres rentrées, assez du moins pour donner de l'argent à son fils. Il dit que votre compte monte à trente guinées, et c'est ce qui m'est dû.

— Alors, ma bien chère Lucy, pour l'amour du ciel, laissez-lui cet argent. Vous avez là une bien généreuse pensée, mais vous avez toujours, eu si bon cœur ?

— Votre mère m'a bien traitée quand j'étais enfant ; je ne dois pas l'oublier, dit Lucy les larmes aux yeux. Vous aussi étiez bonne autrefois pour moi, je ne l'oublie pas non plus, continua-t-elle en essuyant les pleurs qui mouillaient ses joues. Mais, je ne veux pas vous retenir plus longtemps ; vous êtes pressée de vous habiller pour aller trouver Mᵐᵉ Pimlico.

— Non, je ne suis plus pressée, répartit Mᵐᵉ Ludgate, qui eut alors le bonheur de rougir ; mais s'il faut que vous partiez, emportez ce chapeau, je vous

Emportez ce chapeau... il fait fureur. (page 37)

assure qu'il fait fureur, je l'ai porté ce matin chez
Run et Raffle. MM^{mes} Pimlico et Paget en ont un
semblable.

Lucy refusa d'accepter le chapeau, malgré les
instances que Mme Ludgate croyait irrésistibles.

— Vous devez le prendre ; il vous va mille fois
mieux que celui que vous portez, disait-elle, insis-
tant d'autant plus que Lucy s'obstinait davantage à
refuser, et, en outre, vous devez le conserver par
amitié pour moi. Vous ne voulez pas ? votre refus si
absolu me blesse, je vous l'assure. Quoique vous
pensiez, je vous aime comme autrefois. Seulement,
vous savez bien que lorsqu'on vit dans un certain
monde on n'est pas toujours à la disposition de
ceux qui viennent vous voir.

Lucy délivra sa ci-devant amie du soin de faire
des excuses maladroites en marchant vivement vers
la porte.

— Vous n'oublierez pas, dit Mme Ludgate, en l'ac-
compagnant dans le corridor, vous n'oublierez pas
ce que vous avez dessein de faire pour moi auprès
de M. Beech.

— Je ne l'oublierai pas, je ferai ce que j'ai promis.
Mais, j'espère que vous serez exacte à payer le mois
prochain, parce que je pense, à cette époque, avoir

besoin de mon argent. Il vaut mieux vous dire la
vérité !

— Certainement, certainement, vous aurez votre
argent, avant même que vous n'en ayez besoin. La
seule raison, qui fait que je vous l'emprunte, est que
je ne veux pas tourmenter M. Ludgate avant qu'il
ait réglé ses comptes avec Allen, qui s'obstine à
garder notre argent et qui, j'en suis sûre, dupe et
trompe Léonard.

— Allen, s'écria Lucy, oh ! Belle, êtes-vous sûre
de ce que vous dites ? pensez-vous qu'il soit capable de tromper le fils de son vieil ami ? Je crois pouvoir dire qu'il est incapable de commettre une
action honteuse.

— Je ne sais qu'une chose là-dessus, je vous l'af-
firme; c'est que les bons comptes font les bons amis.
J'espère cependant ne faire injure à personne, en
disant qu'il serait convenable qu'il vint régler ses
comptes avec M. Ludgate, qui, j'en suis sûre, est
trop gentleman pour demander ce qui ne lui est pas
dû, et qui n'en eût même pas parlé sans moi. Mais,
je le répète, les bons comptes font les bons amis, et
je vous prie de le faire comprendre à Allen, si vous
le voyez.

— Je ne le lui ferai pas comprendre ; je le lui dirai

aussi simplement que possible. Vous pouvez être
sûre qu'il viendra régler ses comptes avant la nuit.

— Je puis vous affirmer que j'en serai bien aise, et
M. Ludgate aussi.

Et les deux amies se séparèrent.

Mme Ludgate, avec un air de triomphe, annonça a
son mari quand il rentra, qu'elle avait provoqué une
solution avec Allen, et qu'il viendrait régler ses
comptes le soir même. La surprise et la consternation, que montra M. Ludgate, convainquirent sa
femme que son intervention en cette affaire lui était
fort peu agréable.

Allen fut exact à venir régler ses comptes (page 41)

11. — LES BONS COMPTES FONT LES BONS AMIS

Allen fut exact à venir régler ses comptes le soir même. Quand il fut seul avec Léonard, il ne put s'empêcher d'exprimer sa surprise et son indignation des soupçons que Mme Ludgate avait émis sur son compte.

— Oh ! elle ne sait rien de mes affaires, dit Ludgate. Mon opinion est qu'une femme ne doit rien connaître là-dessus ; cela ne ferait que la rendre malheureuse. Nous en finirons, de manière ou d'au-

tre. Ainsi, buvons une bouteille de vin, et laissons
les affaires pour aujourd'hui.

Allen se refusa à différer plus longtemps un règle-
ment de compte, après ce qui s'était passé.

— Les bons comptes, dit-il, selon l'observation
de Mme Ludgate, font les bons amis.

Quand les comptes furent arrêtés, on constata
qu'Allen avait avancé plus de trois cents livres pour
Léonard, et que des billets montant à une forte
somme restaient à payer.

Le hasard voulut que Jack, le domestique, entrât
dans la salle et en sortit plusieurs fois pendant que
MM. Ludgate et Allen s'entretenaient ensemble. Il
jugea qu'il valait mieux pour lui servir les intérêts
des fournisseurs que ceux de son maître. Il fit
promptement savoir à ceux qui y étaient intéressés,
que les affaires de Ludgate étaient en fort mauvais
état, et que c'était pour eux le moment, ou jamais,
de s'entendre avec lui.

Le lendemain, les comptes tombèrent de tous
côtés, pendant le déjeuner. Ils ne pouvaient arriver
dans un moment plus fâcheux. M. et Mme Ludgate
n'avaient jamais éprouvé le plaisir ou la peine de
payer leurs dettes. Jusqu'alors ils avaient été fidèles
à leur maxime de « dépenser aujourd'hui et de

payer demain ». Ils furent d'accord pour déplorer leur extravagance. Mais la similitude de leurs goûts et de leurs habitudes devint la source des plus violentes récriminations. L'un et l'autre aimaient la dépense, étaient égoïstes et esclaves de leurs fantaisies. Aussi aucun des deux ne voulait plier devant l'autre. Les comparaisons commencèrent par établir celui qui avait été le plus insensé, et, une fois commencées, elles n'eurent plus de fin. Il serait difficile de décider celui qui avait été le plus blâmable. Récriminations et reproches se répétèrent à toute heure du jour. La dame finissait par fondre en larmes, le gentleman prenait son chapeau et sortait.

Les billets vinrent bientôt à terme. M. Ludgate fut obligé de vendre la totalité de ses intérêts dans la boutique de Crambourne-Alley, et l'argent qu'il en retira le débarrassa de toutes les difficultés du moment. Allen vint le payer lui-même.

— Ne le prenez pas en mauvaise part, dit-il, en lui serrant affectueusement la main. Mais, M. Ludgate, je ne puis dans mon âme, m'empêcher de craindre pour vous. Que ferez-vous quand cet argent sera parti? et il s'écoulera promptement. Comment vivrez-vous dans quelque temps?

— Vous êtes bien bon, Monsieur, reprit froide-

ment Léonard, de vous occuper si chaudement de
mes intérêts ; mais je vivrai comme il me plaira.
Chacun est le meilleur juge de ses propres affaires.

Après cette réponse, Allen n'osa plus intervenir.

Deux mois s'étaient écoulés depuis le jour où
Mme Ludgate avait promis de solder la note du tapissier. Lucy résolut de revoir Mme Ludgate, et elle
avait une bonne occasion pour réclamer son argent :
elle allait se marier avec Allen et désirait mettre
entre les mains de son mari la petite fortune qu'elle
avait acquise si péniblement par son travail.

Depuis le temps où Allen avait entendu sa conversation, quand Belle vint voir la maison de Crambourne-Alley, il avait pensé qu'elle ferait une excel-
lente femme. Les circonstances qui l'avaient éloignée
de Mme Ludgate, n'avaient fait qu'augmenter son
estime et son affection. Il ne la dédaignait point: il
l'admirait, au contraire, d'avoir cherché, par sa propre industrie, à se rendre indépendante, au lieu de
rester l'humble servante de Mme Ludgate, dont elle
n'approuvait ni la conduite ni le caractère.

Quand Lucy vint voir son amie pour lui rappeler
sa promesse, elle fut reçue avec un embarras visible. Elle était occupée à donner à M. Green, le char-
pentier, le plan d'un arceau pour la salle à manger

et d'un balcon pour la fenêtre. Mⁱ¹ᵉ Pimlico avait un
arceau et un balcon, comment Mᵐᵉ Ludgate pouvait-
elle vivre sans cela?

— Sûrement, ma chère Madame Ludgate, dit Lucy,
en la tirant à part, de sorte que l'homme occupé à
mesurer les fenêtres, ne pouvait les entendre ; sûrement, vous voudrez bien vous souvenir de payer la
note de M. Beech avant de faire de nouvelles dépenses.

— Silence! silence! ne parlez pas si haut. Léonard
est dans la chambre voisine. Je ne veux pas qu'il ait
connaissance du compte de Beech, surtout au moment où l'ouvrier est là pour travailler au balcon.
Non, je ne veux pas qu'il le sache pour rien au
monde.

Lucy, quoique douée d'un bon cœur, n'eut pas la
faiblesse de céder, et Mᵐᵉ Ludgate, de mauvaise
grâce, lui compta son argent, ce qu'elle s'était promis de différer encore pour quelque temps. Mais
elle n'eut pas plus tôt payé cette dette, qu'elle chercha le moyen d'engager N. Green à continuer l'arceau et à finir le balcon, sans lui payer ce qui lui
était dû pour les quelques changements qu'il avait
faits dans la maison de Crambourne-Alley, et sur
lesquels il n'avait jamais reçu un centime.

La chose n'était pas facile. M. Green était un entêté; de plus, il avait l'habitude de se faire payer régulièrement. Il résista à toutes les supplications, et Mme Ludgate dut encore avoir recours à Lucy.

— Ma chère fille, dit-elle, laissez-moi seulement vingt guinées pour cet homme si absolu; autrement, vous le voyez, je n'aurai pas mon balcon.

Cela ne parut pas à Lucy un bien grand malheur.

— N'est-il pas plus désagréable, dit-elle, de vivre toujours dans les dettes que dans une chambre sans balcon?

— Oh! c'est bien désagréable de vivre dans les dettes, parce qu'on est continuellement tourmenté par les créanciers; mais la raison qui fait que je tiens tant au balcon, c'est que Mme Pimlico en a un et que c'est la seule chose que sa maison ait de plus que la mienne. Regardez dans la rue, voyez-vous le beau balcon de Mme Pimlico?

Mme Ludgate, qui avait mis la tête à la croisée et fait placer Lucy à côté d'elle, se retira tout à coup, en s'écriant :

— Grand Dieu! ne voilà-t-il pas encore cette maudite femme! J'espère, Jack, que vous ne la laisserez pas entrer.

Elle ferma la fenêtre avec précipitation, courut à l'escalier, et cria :

— Jack, Jack, je vous défends sur votre vie de la laisser monter.

— Pas même si elle a l'enfant avec elle, Madame? dit Jack.

— Non, non.

— C'est un crime et une honte, murmura Jack, de fermer la porte à son propre enfant.

Mme Ludgate n'entendit pas cette réflexion. Elle était retournée près de l'homme qui attendait ses ordres pour le balcon.

— Madame, la nourrice veut entrer; elle dit qu'elle vous a vue à la croisée; elle monte l'escalier, cria le domestique.

La nourrice entra avec l'enfant de Mme Ludgate sur les bras.

— En vérité, Madame, dit-elle, je dois vous dire que je ne puis ni ne veux attendre plus longtemps mon argent. Ce n'est pas pour moi que je parle si haut, mais pour cette chère créature que je tiens dans mes bras, qui ne peut parler pour elle-même; elle peut seulement vous sourire et vous tendre ses petits bras. Je ne suis que sa nourrice, et je ne puis m'en charger. J'ai des enfants pour mon compte, et je ne puis les priver du nécessaire. Je ne puis les nourrir tous, surtout si je ne suis pas payée. Je me dois tout d'abord à ceux qui sont ma chair et mon sang. Dès lors, il faut que je laisse celui-ci. Je le dois, je le dois, cria la nourrice, en embrassant son nourrisson à plusieurs reprises, je dois le laisser à sa mère !

La pauvre femme déposa l'enfant sur le sofa, se détourna, cacha sa tête dans son tablier et se mit à pleurer, comme si son cœur se brisait. Lucy fut émue de compassion, la mère restait abasourdie, la honte luttait chez elle contre l'orgueil. Enfin l'orgueil l'emporta.

— Cette femme est folle, je pense, dit Mme Ludgate. — Monsieur Green, s'il vous plaît de revenir demain, nous reparlerons du balcon. — Lucy, donnez-moi l'enfant; ne vous récriez pas sans savoir pourquoi, nourrice, je suis surprise de votre conduite. Ne vous ai-je pas dit que je vous enverrais votre argent la semaine prochaine?

— Oh! oui, Madame, mais vous l'avez dit tant de fois sans tenir votre promesse, que mon mari m'a dit de ne pas rapporter l'enfant sans l'argent.

— Que vais-je faire? Lucy tira immédiatement sa bourse de sa poche, et dit tout bas :

— Je vous prêterai ce qui vous manque pour payer la nourrice, si vous voulez abandonner le projet du balcon !

Mme Ludgate se soumit à cette condition ; mais elle n'eut pas moitié autant d'obligation à Lucy qui lui rendait un service réel, que si son amie l'eût aidée à contenter sa vanité et sa folie. Lucy vit ce qui se passait dans l'âme de Mme Ludgate, et si elle ne rompit pas avec elle, elle en fut empêchée par le sentiment des obligations qu'elle devait à la mère de Belle.

M. Ludgate fut d'avis de faire quelques avances à Lucy. Son mariage avec Allen lui faisait espérer qu'elle pourrait de temps en temps lui donner des secours d'argent. Dans cette intention, Belle montra à Lucy une attention et des égards qu'elle avait dédaigné de témoigner à son amie, lorsqu'elle était dans une condition inférieure à la sienne propre. Mais ce fut en vain que la belle dame s'efforça d'entraîner Lucy dans ses habitudes. Quoique encore jeune, elle eut le bon esprit de se trouver heureuse chez elle. Elle et son mari vécurent suivant la maxime du vieux Ludgate : *Pas de dettes, pas de danger*.

Nous ne fatiguerons pas le lecteur par le récit de

toutes les difficultés dans lesquelles se précipitèrent
M. et Mme Ludgate par leurs folles dépenses. La vie
de ces désœuvrés prodigues est très misérable. Les
gages des domestiques ne sont pas payés, les créanciers assiègent continuellement leur porte; il leur faut
sans cesse inventer de nouveaux mensonges; la
tristesse règne à la maison et une gaieté forcée se
montre au dehors. Qui voudrait d'une telle vie?
Cependant ils la supportaient pour la gloire d'é-
clipser M. et Mme Pimlico.

Il arriva qu'une nuit, à une partie de plaisir,
Mme Ludgate éprouva un froid violent. Son visage
devint enflammé et couvert de plaques rouges. Devant aller à un bal sous peu de jours, elle était grandement impatiente de se débarrasser de son éruption. Alors elle s'adressa à M. Pimlico, le parfumeur,
qui lui avait souvent vendu des cosmétiques et qui
lui vantait une certaine eau de beauté. Elle recouvra
promptement son teint; mais elle éprouva bientôt
les conséquences de son imprudence. Elle tomba
dangereusement malade, et le médecin attribua sa
maladie à l'eau de beauté. Pendant cette maladie,
une saisie se préparait sur les meubles de M. Ludgate. Menacé de la prison, et incapable de prendre aucune mesure énergique pour échapper à la

misère, il vint consulter son ami Tom Lewis.

La manière dont vivait M. Lewis était un sujet d'étonnement pour tous ceux qui le connaissaient. Il n'avait ni fortune, ni état, ni moyen apparent de soutenir le train qu'il menait.

— Vous êtes un heureux garçon, Lewis, dit-il, comment se fait-il que vous viviez mieux que je ne fais?

— Vous pouvez vivre aussi bien que moi, dit Lewis, et je vais vous en indiquer le moyen, si vous me jurez de ne révéler à personne mon secret. Ludgate jura.

— Avez-vous du courage? reprit Lewis. Il én faut pour vous tirer tout d'un coup de tous vos embarras.

— Certainement j'en ai. Je dois aller en prison cette nuit, ou trouver deux cents livres pour ces maudits boutiquiers.

— Vous les aurez dans une heure, dit Lewis, si vous voulez suivre mes avis.

— Dites-moi donc ce que je dois faire. Je ferai tout au monde pour échapper à la misère et à la prison.

Lewis, qui s'aperçut que son ami était troublé par l'idée de la somme dont il avait besoin, lui dévoila tout le mystère. Il était affilié à une société de gentlemen habitués à contrefaire les écritures. Il prenait d'eux de fausses bank-notes dont il tirait un gros bénéfice. La difficulté de les faire passer était extrême, et les associés ne savaient plus comment les écouler. Frappé d'horreur, à l'idée de devenir le complice d'une telle industrie, Léonard devint pâle et silencieux. Il était complètement incapable de réfléchir. Lewis fut fâché d'avoir été si franc avec lui.

— Souvenez-vous de votre serment, lui dit-il.

— Je m'en souviens, répondit Ludgate.

— Souvenez-vous que vous devez être des nôtres avant ce soir? ou aller en prison!

Ludgate dit qu'il voulait une heure pour réfléchir, et les deux hommes se séparèrent, sur la promesse que Lewis fit de venir le trouver chez lui dans la soirée pour faire connaître sa décision.

— Dois-je tomber si bas? se dit notre homme désespéré. Plût au ciel que j'eusse suivi la maxime de mon pauvre père! Aujourd'hui, il est trop tard.

M. Ludgate, en arrivant chez lui, s'enferma dans sa chambre, et se promena de long en large pendant près d'une heure, en proie à une agitation qui ne peut se décrire. Avant qu'il fût maître de lui, on sonna à la porte. Il crut que c'était Lewis, et il tremblq de la tête aux pieds. Ce n'était qu'un domestique avec un paquet de comptes que des fournisseurs avaient apportés, car ils avaient appris qu'on devait faire une saisie. Parmi ces comptes se trouvaient ceux de M. Beech, de la modiste et de la couturière. Comme ils remontaient à deux ans et demi de date, ils s'élevaient à une forte somme qui étonna et abasourdit M. Ludgate. Il ne pouvait rien dire à sa femme, ni soulager sa colère par des reproches, car elle était au lit, dans un état complet d'insensibilité.

Avant qu'il fût revenu à lui, et pendant que les fournisseurs, qui avaient apporté les comptes, attendaient leur argent, Lewis arriva avec un de ses compagnons. Il vint droit au but. Il sortit des banknotes en nombre suffisant pour le débarrasser de toutes ses dettes, et promit de lui prêter cet argent à condition qu'il entrerait dans la société qu'il lui avait proposée.

— Tout ce que nous demandons de vous, est que vous nous fassiez passer un certain nombre de banknotes par semaine. Vous y trouverez votre avantage.

Nous vous donnerons une prime considérable pour

cent, ce qui vous permettra de sortir de tous vos embarras.

La vue des bank-notes, l'image d'une détresse immédiate, l'espoir de continuer un genre de vie qu'il avait embrassé depuis longtemps, tout se réunit pour tenter Ludgate. Quand il avait eu le courage de proclamer qu'il méprisait la vieille maxime de son père, et d'y opposer la sienne, ses compagnons avaient applaudi à son esprit. Ils n'étaient pas là en ce moment pour s'apitoyer sur le triste état où l'avait réduit ce bel esprit. Mais notre héros n'était pas encore au terme de la misère. Il est vrai que ses dettes étaient payées et qu'il pouvait encore entretenir un certain éclat extérieur; mais pas un jour, pas une nuit, ne devaient se passer sans qu'il souffrît toutes les horreurs d'une conscience coupable et les terreurs qui assiègent l'homme qui craint d'être découvert. Il se résolut à garder soigneusement le secret vis-à-vis de sa femme; il se réjouissait qu'elle fût retenue en ce moment au lit, car il craignait son excessive curiosité. L'espèce d'affection qu'il lui avait autrefois montrée, n'avait pas survécu aux six premiers mois de son mariage. De perpétuelles disputes avaient rendu l'homme et la femme absolument odieux l'un à l'autre. Chacun vivait à côté l'un de l'autre et se plaignait amèrement qu'ils ne pussent vivre séparément. Hélas! ils étaient unis pour la bonne comme pour la mauvaise fortune!

La maladie de Mme Ludgate se termina par une nouvelle éruption sur son visage. Elle fut excessivement peinée de la perte de sa beauté, surtout lorsque Mme Pimlico comparait son visage avec celui de Mme Paget, qui passait maintenant pour la plus jolie femme de ses connaissances. Elle s'efforça de réparer ce désastre par de nouvelles dépenses. M. Ludgate, pour expliquer le payement inattendu de ses dettes et le luxe dans lequel il semblait vivre, avait répandu le bruit d'un legs considérable, qui lui avait été laissé par un parent décédé dans un pays éloigné.

L'exactitude de ce bruit ne fut pas vérifiée, et, pendant quelque temps, les époux Ludgate furent l'objet des convoitises de leurs connaissances. Combien peu le monde, ou ce qu'on appelle ainsi, est capable de juger sur les apparences du bonheur de ceux qui excitent son admiration ou son envie!

— Qu'ils sont heureux, ces Ludgate? disait Mme Pimlico. Et cette exclamation fut répétée par la société réunie chez elle pour une partie de cartes.

— Mais alors, continua-t-elle, quel dommage que

la pauvre Belle ait été si défigurée par le scorbut !
Je me souviens du temps où elle était aussi jolie que
femme peut l'être. Pourriez-vous croire qu'elle avait
le teint aussi frais que Mme Paget ?

. Ces observations circulèrent tranquillement, et
ne purent échapper aux oreilles de Mme Ludgate.
Sa vanité fut profondément blessée. La santé ne
lui parut plus qu'une chose secondaire en comparaison du bonheur de recouvrer sa beauté perdue.

M. Pimlico, qui était un éloquent parfumeur, lui
persuada que sa maladie n'avait rien à démêler avec
l'*eau de beauté* achetée dans sa boutique, et, pour
prouver cette assertion, il cita d'innombrables
exemples de dames de haut rang qui étaient dans
l'habitude d'user de cette préparation. La folle et
vaniteuse femme, malgré les avis qu'elle avait reçus
de son médecin, prêta l'oreille aux discours du parfumeur et lui acheta une demi-douzaine de flacons
d'une autre espèce d'eau. L'éruption disparut de
son visage ; et, comme sa santé n'éprouva pas immédiatement les effets de cette nouvelle imprudence, elle continua son traitement pendant quelques mois. Les conséquences furent désastreuses.
Un matin, on la trouva sans voix dans son lit, un
côté du visage contourné et le corps sans mouve-

ment. Durant la nuit, elle avait eu une attaque de paralysie. Grâce à des soins dévoués, elle recouvra en quelques jours la santé, mais elle resta complètement défigurée.

Ce fut le plus sévère châtiment qui pût être infligé à une femme de ce caractère. Elle n'osait se montrer au dehors et ne pouvait rester à la maison. Elle n'avait, pour se consoler et se distraire, ni l'amitié de son mari ni l'affection de ses enfants, dont le plus âgé avait cinq ans et le plus jeune, quatre ans. Ils étaient méchants et turbulents comme sont d'ordinaire les enfants dont l'éducation a été négligée. Leurs disputes étaient sans fin avec Jack, leur mentor et le compagnon de leurs jeux.

Outre les désordres causés dans cette famille par de méchants enfants, les domestiques en étaient encore un fléau. Ils ne faisaient jamais rien de bien ni de régulier. Leur maître et leur maîtresse avaient beau reprendre, et menacer de les mettre à la porte, ni Jack ni Suskey ne s'amendaient. Leurs gages n'étant pas payés, ils savaient qu'ils avaient le pouvoir dans les mains, de sorte qu'ils étaient plutôt les tyrans que les serviteurs de la maison.

Il lui arracha son bonnet. (page 68)

III. — LE BONNET RÉVÉLATEUR

Le **caractère de** Mme **Ludgate**, qui n'avait jamais
été **doux, fut tellement aigri** par ces malheurs accu-
mulés, **qu'elle devint insupportable.** Son mari s'éloignait d'elle autant qu'il le pouvait : il dinait ou sou-
pait à son **club ou à la taverne** : le soir et le matin, il
n'était visible que quelques instants. Cependant.
quoiqu'il vécût **loin de sa femme,** de ses enfants et
de sa maison, il n'était pas heureux. Sa vie n'était
qu'une **suite de craintes et** de précautions. Il était

lié par ses engagements avec Lewis et ses associés, pour le compte desquels il devait faire passer un certain nombre de bank-notes par jour : c'était une tâche dangereuse.

Tout ce qu'il avait d'adresse et d'activité lui était sans cesse nécessaire pour éviter d'être découvert. Et, après tout, c'était avec peine qu'il arrachait à ses nouveaux amis un salaire suffisant pour s'entretenir. Que de fois il avait regretté les jours où il se tenait derrière le comptoir, dans la boutique de son père! alors qu'il avait dans Allen un véritable ami; aujourd'hui il n'avait dans Lewis qu'un associé, exigeant et insensible, qui ne prenait souci que de lui-même, était aussi avare qu'extravagant, aussi avide du bien d'autrui que prodigue du sien.

Une nuit, Léonard vint à la maison où ses associés étaient assemblés, afin de régler avec eux pour le dernier paquet de bank-notes qu'il avait fait passer. Lewis voulut être payé des sommes qu'il lui avait prêtées avant qu'il eût reçu un farthing. Des paroles vives s'échangèrent. Lewis eut le dessus, grâce à la grande influence qu'il avait sur ses associés. Léonard, qui avait besoin d'argent, ne put s'en procurer qu'en s'engageant à faire passer le double de bank-notes pendant le mois suivant. A son retour chez lui, il enferma, comme à l'ordinaire, ses billets faux dans son secrétaire.

Le lendemain matin, Mme la Mode, la modiste, vint voir Mme Ludgate, chez qui la passion dominante survivait encore, malgré le fâcheux état auquel elle était réduite. La paralysie n'avait pas détruit sa vanité, et l'amour de la toilette avait survécu à la perte totale de sa beauté. Elle s'était accoutumée à la vue de ses traits défigurés, et ne songeait qu'à acheter ce qu'il y avait de plus joli pour se parer. Mme la Mode n'avait pas de visiteuse plus assidue.

— Comment allez-vous, ce matin, Mme Ludgate? dit la visiteuse. Je n'ai pas besoin de vous le demander, vous êtes d'une fraîcheur surprenante. Je suis venue vous dire un petit secret que je ne veux confier à nulle autre qu'à vous. Vous avez le droit de le connaître, vous qui êtes mon amie et ma favorite. Je dois étaler, la semaine prochaine, un nouveau bonnet d'été, et j'en ai fait apporter un par une de mes filles pour vous consulter avant les autres, car j'ai une grande confiance dans votre goût et votre jugement. Seulement, je vous prie de n'en pas parler, car vous me brouilleriez avec Mme Pimlico qui m'a fait jurer de lui porter toutes les nouveautés.

Flattée d'avoir la première vue du bonnet d'été,

Mme Ludgate désira le posséder, et, quand elle l'eût essayé, elle trouva qu'il la rajeunissait de dix ans. Bref, il lui fut impossible de ne pas en faire l'acquisition, quoiqu'il coûtât trois guinées, tout en ne valant pas dix schellings.

— Positivement, Madame, vous devez patronner mon bonnet d'été, dit la modiste.

Mme Ludgate, électrisée par le mot *patronner*, garda le bonnet et pria qu'il fût ajouté à son compte. Mme la Mode fit observer qu'elle s'était fait une règle, de ne vendre ses bonnets d'été qu'au comptant, et qu'elle regrettait sincèrement de ne pouvoir revenir sur cette décision en faveur de meilleure cliente.

Ce n'était qu'une prudente résolution de la part de la modiste, qui avait reçu conseil de M. Ludgate de ne rien donner à crédit à sa femme, car il était résolu à ne payer aucune dette faite par elle.

La femme, affaiblie par la maladie, n'était pas capable de lutter avec son mari. Elle eut recours à la dissimulation pour se protéger dans sa faiblesse. Elle considéra que, ne pouvant plus le gourmander comme autrefois, il lui fallait l'emporter par son adresse.

Sans argent comptant, elle ne pouvait se donner le plaisir et l'honneur de patronner le bonnet d'été.

Elle savait que son mari avait quelques bank-notes dans son tiroir; elle se dit qu'il valait mieux agir sans son consentement. Elle parvint donc, à l'aide de clefs qui lui appartenaient, à ouvrir le tiroir, dans lequel elle prit les bank-notes qu'il lui fallait, et en donna trois à Mme la Mode.

Quand son mari rentra le lendemain, il ne s'aperçut pas qu'il eût perdu aucun de ses billets; et, comme il sortit, sans entrer dans le parloir où sa femme était assise, elle s'excusa auprès de sa conscience de ne pas lui avoir dit la liberté qu'elle avait prise : — Je le lui dirai tout aussi bien demain, pensat-elle; quelques billets sur un si grand nombre qu'il a dans son tiroir, ne sont pas d'une grande importance. Si je parle, il tempêtera, il tapagera... Laissons-le s'en apercevoir lui-même.

Cette résolution d'agir sans le consentement de son mari, Mme Ludgate l'avait souvent employée avec succès. Quelques jours après qu'elle eut acheté le bonnet d'été, elle invita à une partie de jeu MM^{mes} Pimlico, Paget et quelques-unes de ses amies, profitant de que son mari était au club ou à la taverne.

Toutes les invitées firent à Mme Ludgate l'honneur d'accepter. Elles vinrent le soir fixé, et furent reçues par leur amphytrionne coiffée du nouveau bonnet d'été. Elle a patronné le nouveau bonnet d'été, dit tout bas M. Pimlico à Mme Paget. Comme elle s'est laissée prendre par Mme la Mode! Une tête de mort dans une guirlande de roses! c'est épouvantable de ridicule!

Sans s'apercevoir qu'elle était un objet de risée pour toute la compagnie, Mme Ludgate, en proie à une gaieté extraordinaire, et, pleinement convaincue de la vérité des paroles de Mme la Mode, prit place à une table de jeu où elle commença à vanter le bon goût de la modiste. Tout à coup, Jack, le domestique, vint derrière sa chaise et la prévint tout bas que trois hommes étaient en bas et demandaient à lui parler.

— Des hommes? vous voulez dire des gentlemen?

— Non, Madame, ce ne sont pas des gentlemen.

— Alors envoyez-les sans façon à leurs affaires. Quelques boutiquiers, je suppose, dites-leur que je suis en compagnie.

— Mais, Madame, ils ne veulent pas quitter la maison sans vous avoir vue, vous ou M. Ludgate.

— Alors qu'ils attendent que M. Ludgate soit rentré. Je n'ai rien à leur dire. Que veulent-ils?

— C'est pour une bank-note que vous avez donnée l'autre jour à Mme la Mode.

— Qu'est-ce que cela veut dire? ajouta-t-elle, en repoussant son jeu.

— Ils disent que c'est une bank-note fausse.

— Eh bien! je la changerai. Dites-leur de me l'envoyer?

— Madame, ils ne le voudront pas; ils n'ont pas consenti à s'en dessaisir, même pour me la faire voir.

— Que de cérémonie pour une bank-note d'une livre? Je vais leur parler.

Elle quitta la table et se rendit de nouveau au tiroir du bureau de son mari, y prit une poignée de bank-notes et vint trouver les étrangers que le domestique avait introduits dans l'appartement. Ils lui dirent qu'ils n'avaient ni le besoin ni l'intention d'en recevoir d'autre en échange de celle qu'ils lui faisaient voir, qu'elle était contrefaite et qu'ils voulaient savoir d'où elle lui venait.

Ces étrangers avaient un air de mystère et d'autorité qui alarma Mme Ludgate. Sans chercher aucune défaite, elle dit qu'elle l'avait prise dans le tiroir du bureau de son mari et qu'elle ne pouvait dire d'où elle provenait. Ils déclarèrent vouloir attendre le retour de M. Ludgate. Elle leur offrit une guinée pour boire

s'ils voulaient se retirer tranquillement. Ils refusè-
rent; car ils n'étaient autres que des officiers de
Bow-Street, que Jack reconnut aux pistolets qu'ils
portaient à leur ceinture.

Ils se rendirent dans le parloir de derrière pour
attendre le retour du mari; tandis que Mme Ludgate,
en proie à une extrême agitation, revint à sa compagnie et à son jeu. Ce fut en vain qu'elle essaya de
reprendre le chapitre du bonnet d'été et de cacher le
trouble de son âme. Il fut remarqué par toutes ses
amies. Mme Pimlico, dont la curiosité était vivement
excitée, désirait connaître la cause de ses alarmes.

L'inquiétude de Mme Ludgate allait grandissant;
elle regardait fréquemment à sa montre; souvent
elle bâillait sans la moindre observation des règles
les plus élémentaires du savoir-vivre, et plus d'une
fois elle manifesta son désir de voir partir ses invitées. Mais on fut sourd à ses insinuations.

Les joueuses gardèrent résolument leurs sièges,
sans que l'odeur des bougies qui s'éteignaient n'eût
aucun effet sur leur odorat insensible.

Le temps parut insupportablement long à l'infortunée maîtresse de maison, et le contraste entre la
parure fantastique de sa tête et sa face agonisante
n'en parut que plus frappant.

— Voilà minuit. Il est bien tard ! dit Mme Ludgate.

— Il faut faire une autre partie, ajouta Mme Pimlico.

Au moment même où cette partie recommençait, on entendit un coup à la porte. — Voici, je pense, M. Ludgate, dit Mme Pimlico, tout en continuant de jouer.

Mme Ludgate laissa ses cartes et sortit de la salle, sans dire mot. Elle s'arrêta au haut de l'escalier, car elle avait entendu en bas une querelle et des cris ; puis tout devint silencieux. Alors elle descendit et trouva la porte du parloir fermée.

Elle était en proie à la plus vive inquiétude, et les pressentiments les plus sombres s'agitaient en son être quand elle rencontra le domestique, quelque peu excité.

— Que se passe-t-il ? lui dit-elle.

— Je n'en sais rien. Il faut me payer mes gages, autrement je me les payerai moi-même.

Il s'éloigna brutalement. Elle entr'ouvrit la porte du parloir et y plongea ses regards. Son mari était couché sur le sofa, paraissant écrasé par le désespoir. Un des officiers de Bow-Street lui frottait les tempes, le deuxième fouillait dans son secrétaire, et le troisième examinait de près certaines bank-notes qu'il venait de retirer de la poche du prisonnier.

— Que se passe-t-il, dit-elle en avançant. Son mari leva les yeux, la vit et tressaillit ; puis, frappant du pied avec fureur, il s'écria :

— Maudite, maudite femme ! vous m'avez mené à la potence ; et cela pour cette bagatelle. Il lui arracha son bonnet et le foula aux pieds en criant :

— Pour cela, pour cela, créature vaniteuse et sans cœur, vous conduisez votre mari à la potence!

Un des officiers de Bow-Street lui arrêta le bras, qu'il avait levé pour frapper et qui tremblait de rage. Sa femme tomba à terre en proie à une attaque de nerfs. Comme on la transportait sur l'escalier, Mme Pimlico et les autres invitées sortirent de la salle à manger. Plusieurs avaient encore des cartes à la main ; elles demandaient avec vivacité l'explication de cette scène. Quand elles apprirent que les officiers de Bow-Street étaient dans la maison et que Ludgate allait être conduit en prison pour avoir fait usage de fausses bank-notes, ce fut un haro général.

Plusieurs déclarèrent que c'était un scandale, d'autres protestèrent que ce n'était que ce qu'elles attendaient.

Les Ludgate menaient un train au-dessus de leur fortune. Lui n'était qu'un faquin, et elle une pauvre et vaniteuse créature. Il vaut bien mieux prendre exemple sur ses voisins, ne pas vivre avec tant d'éclat, mais se montrer plus honnête. Telle fut l'opinion des amies de cette famille.

Au milieu de ces manifestations d'une envie long-temps comprimée, quelques personnes essayaient un mot ou deux de défense en faveur de leurs commensaux. Les plus humaines vinrent dans la chambre de la malheureuse femme pour lui offrir leurs secours et lui donner leurs avis. Mais la plupart des invités s'esquivèrent. En moins d'un quart d'heure, la maison fut débarrassée des amies.

Lucy et Allen n'appartenaient pas à cette classe d'amis.

Un récit quelque peu fantaisiste de ce qui s'était passé la nuit précédente fut fait le matin dans Crambourne-Alley par une jeune dame qui avait assisté à la soirée de Mme Ludgate. Aussitôt que cette nouvelle parvint à la boutique d'Allen, lui et Lucy résolurent d'aller immédiatement offrir leur assistance à l'infortunée famille. En arrivant à Weymouth-Street, ils ne frappèrent qu'un coup pour ne pas donner une nouvelle alarme. Ils attendirent longtemps avant que la porte s'ouvrît. Enfin apparut une servante qui n'avait pas pris le temps de lacer ses souliers et qui paraissait s'éveiller seulement, quoiqu'il fût près de onze heures. Elle les introduisit dans l'antichambre encore plongée dans l'obscurité; et, pendant qu'elle ouvrait les volets, elle leur dit que la maison avait été sur pied toute la nuit, par suite de la présence des officiers de Brow-Street et des crises auxquelles sa maîtresse avait été en proie. Son maître, ajoutait-elle, avait été, à ce qu'elle croyait, conduit en prison. Lucy demanda où était Mme Ludgate et demanda à la voir dans sa chambre.

— Madame, il n'y a d'autre personne avec elle que la nourrice qui est venue ce matin, par hasard, de très bonne heure voir les enfants, et qui a eu la bonté de rester pour porter secours. Elle s'est assise dans la chambre de Madame pendant que je me mettais au lit. Je vais aller demander si vous pouvez monter.

Ils attendirent quelque temps dans le parloir où tout portait le cachet de la désolation et du désordre. Les cendres couvraient le parquet, un fauteuil était sous la table; à terre, près du bureau de M. Ludgate, était la serrure que l'on avait brisée pour ouvrir le meuble; un bougeoir de cuivre jaune était sur le rebord de la croisée, à côté d'un flacon de vinaigre; la cravate de soie rouge qu'on avait retirée du cou de M. Ludgate, lors de son évanouissement, se trouvait sur la table.

Lucy et son mari se regardaient sans parler, quand Allen dit : — Nous ferions mieux de mettre tout en ordre. Où est l'argenterie? où est la porcelaine? Il n'y a personne pour en prendre soin, et les créanciers vont bientôt venir saisir ce qu'ils pourront

Lucy voulut monter dans la salle à manger pour faire l'inventaire de ce qui s'y trouvait. Elle trouva Jack faisant main basse sur quelques schellings déposés sous le chandelier d'une table de jeu. Les deux enfants étaient assis sur le parquet. La petite fille jouait avec un paquet de cartes, le petit garçon buvait les restes d'une carafe de vin blanc.

— Pauvres enfants! pauvres créatures! dit Lucy, il n'y a personne pour prendre soin de vous!

— Non, il n'y a personne, dit le petit garçon; Jack s'en va, papa est allé je ne sais où, maman n'est pas encore levée, de sorte que nous n'avons pas encore déjeuné.

La servante vint prévenir que Mme Ludgate était éveillée, qu'elle avait recouvré la connaissance et qu'elle serait heureuse de voir Mme Allen, si elle voulait avoir la bonté de monter. Lucy dit aux enfants qui s'étaient attachés à elle, qu'elle les emmènerait

chez elle et leur donnerait à déjeuner. Elle n'était pas
une de ces dames douées d'une sensibilité affectée et
inutile qui rend incapable de porter des secours et de
supporter la vue de la misère et de la souffrance.
Elle trouva son amie accablée d'un désespoir qui la
rendait folle. La voix lui était revenue, mais elle
parlait avec difficulté et pouvait à peine se faire entendre. La généreuse nourrice la soutenait dans le
lit, et lui répétait :

— Prenez courage, Madame, prenez courage, ne
vous laissez pas abattre ainsi. Tout s'arrangera.

— Oh ! Lucy, que suis-je devenue ! comme tout est
changé ici ! et personne pour me secourir ou me
guider ! personne sur la terre ! je suis abandonnée du
monde entier !

— Vous n'êtes pas abandonnée par moi, dit Lucy,
d'une voix caressante.

— Quel bruit on fait en bas ?

Lucy descendit pour s'en informer et trouva que,
suivant les prévisions d'Allen, les créanciers étaient
venus saisir ce qu'ils pouvaient trouver. Allen resta
avec eux, et essaya de les amener à quelque arrange-
ment pendant que Lucy s'occupait d'éloigner de cette
maison sa malheureuse amie et les deux enfants.

Il n'y avait aucun espoir pour M. Ludgate. Les

preuves étaient trop évidentes et ne pouvaient être contestées. La fausse bank-note que sa femme avait prise dans son tiroir et donnée à la modiste, était une de celles qui n'avaient pas encore passé par certaine préparation mystérieuse. Elle était pleine d'incorrections et, sans aucun doute, elle aurait été retouchée si on ne l'avait pas mise trop tôt en circulation. Mais la vanité de Mme Ludgate causa la perte de son mari.

Tous les associés à l'œuvre coupable de Lewis subirent le châtiment qu'ils méritaient. On fit bien des démarches en faveur de Ludgate; mais la justice fut inflexible.

Lucy et Allen, ces vrais amis, qui n'avaient pas voulu encourager Mme Ludgate dans ses folies, la traitèrent à l'heure de l'adversité et du repentir avec la plus vive affection et la plus grande bonté. Ils avaient été économes et pouvaient se montrer généreux. Ils fournirent aux besoins de cette veuve dépouillée de tout. Ils l'entretinrent à l'aide du produit de leur industrie, ils supportèrent même la mauvaise humeur et firent tous leurs efforts pour adoucir l'angoisse d'un remords désormais inutile.

La veuve ne put rien sauver du naufrage de la fortune de Ludgate. Mais Allen, en regardant les vieux

4

livres, put trouver et faire rentrer d'anciennes créan-
ces, dont Léonard, après la mort de son père, n'avait
pas daigné s'occuper. La somme s'élevait à trois
cent vingt livres environ. Comme il s'était occupé
seul de cette affaire, il pouvait légitimement s'en ap-
proprier le produit ; mais il réserva cet argent pour
les enfants de son ami. Il le plaça à intérêt, nourrit,
vêtit et éleva les orphelins avec ses propres enfants,
dans les habitudes d'économie et de travail. Les
orphelins, par leur affection. payèrent tout ce qu'on
avait fait pour eux ; et, quand ils furent devenus
grands, ils recouvrèrent le crédit de leur famille en
vivant suivant la maxime de leur grand-père : *Pas
de dettes, pas de danger.*

Le maudit animal me donna à la ceinture... page 88)

MURAD L'INFORTUNÉ

I. — MAUVAISE ÉTOILE

On sait généralement que le Grand Seigneur aime à courir la nuit, sous un déguisement, les rues de Constantinople, à l'exemple du calife Haroun Al Raschid.

Une nuit donc, par un beau clair de lune, accompagné de son grand visir, il avait traversé quelques-unes des plus belles rues de la capitale sans rien voir de remarquable. A la fin, comme ils passaient devant

la maison d'un cordier, le sultan se souvint de l'histoire arabe de Cogia Hassan Alhabal, le cordier, et
de ses deux amis Saad et Saadi, qui pensaient si dif-
féremment au sujet de l'influence de la fortune sur
les affaires humaines.

— Quelle est votre opinion là-dessus? dit le
Grand Seigneur à son visir.

— Je suis porté à croire, s'il plaît à Votre Majesté,
répondit le visir, que le succès dans le monde dépend plutôt de la prudence que de ce qu'on appelle
hasard ou fortune.

— Et moi, reprit le sultan, je suis persuadé que la
fortune nous est plus utile que la prudence. N'en-
tendez-vous pas dire tous les jours de certaines personnes qu'elles sont heureuses ou infortunées? Comment une telle opinion aurait-elle cours parmi les
hommes, si elle n'était pas justifiée par l'expérience?

— Je n'ose prendre la liberté de discuter avec
Votre Majesté, dit le prudent visir.

— Donnez-moi votre avis en toute liberté, je le
veux et je l'ordonne, ajouta le sultan.

— Alors, répondit le visir, d'après mon opinion,
on est souvent porté à croire les autres heureux ou
malheureux, parce qu'on ne connaît, en général, que
le côté superficiel de leur vie et qu'on ignore les cir-

constances ou les évènements dans lesquels ils ont agi avec prudence ou imprudence. Par exemple, j'ai entendu dire qu'il y a aujourd'hui dans cette ville deux hommes remarquables, l'un par ses infortunes, l'autre par son bonheur continuel. L'un est appelé Murad l'Infortuné, l'autre Saladin le Fortuné. Or, je crois que, si nous connaissions leur histoire, nous trouverions que celui-ci est doué de sagesse, tandis que l'autre n'est qu'un imprudent.

— Où demeurent ces deux hommes? répliqua le sultan. Je veux entendre leur histoire, de leurs propres bouches, avant de m'endormir.

Murad l'Infortuné demeure sur la place voisine.

Le sultan voulut aller chez lui tout de suite. A peine furent-ils arrivés sur la place, qu'ils entendirent des cris et des gémissements. Ils suivirent la voix et arrivèrent à une maison dont la porte était ouverte. Ils y virent un homme qui déchirait son turban et qui semblait en proie à la plus vive affliction. Ils lui demandèrent la cause de son chagrin. Il leur montra un vase de porcelaine, dont les débris gisaient sur le pavé, tout près de la porte.

— Sans doute, c'était là une belle porcelaine, dit le sultan ramassant un des morceaux. Mais la perte d'un vase de porcelaine peut-elle causer tant de chagrin et de désespoir?

— Ah ! Seigneur, dit le propriétaire du vase, suspendant ses lamentations et regardant les habits des visiteurs, qu'il prenait pour des marchands, je vois bien que vous êtes étrangers. Vous ne savez pas combien j'ai raison de me désoler; vous ne savez pas que vous parlez à Murad l'Infortuné! Si vous connaissiez tous les malheurs qui me sont arrivés depuis ma naissance, peut-être auriez-vous pitié de moi et penseriez-vous que j'ai bien raison de me désespérer.

Le sultan témoigna que sa curiosité était fortement excitée ; et Murad, qui avait l'espoir d'obtenir quelques marques de sympathie, s'empressa de la satisfaire par le récit de ses aventures.

— Seigneur, dit-il, j'ose à peine vous inviter à vous reposer dans la maison d'un homme aussi malheureux que je le suis; cependant, si vous voulez bien passer la nuit sous mon toit, vous aurez tout le loisir d'entendre le récit de mes infortunes.

Le sultan et le visir s'excusèrent, disant qu'ils devaient se rendre à leur khan, où les attendaient leurs compagnons. Mais ils lui demandèrent la permission de se reposer une demi-heure chez lui et le prièrent de leur raconter sa vie, si toutefois le souvenir de ses désastres ne renouvelait pas trop ses douleurs.

Peu d'hommes sont assez misérables pour n'aimer pas à parler de leurs malheurs, quand ils ont, ou croient avoir, l'espérance d'obtenir un peu de pitié. Dès que les prétendus marchands furent assis, Murad s'exprima en ces termes :

Mon père était marchand dans cette ville. La nuit qui précéda ma naissance, il rêva que j'étais venu au monde avec une tête de chien et un corps de dragon, et que, pour cacher ma difformité, il m'avait roulé dans une pièce d'étoffe réservée pour le turban du Grand Seigneur. Le prince, furieux de cette insolence, lui enleva son turban et ordonna de lui trancher la tête.

Mon père s'éveilla avant d'avoir perdu sa tête, mais aussi avant d'être revenu de sa frayeur. Croyant fermement à la prédestination, il fut persuadé que je serais pour lui la cause de quelque grand désastre, et il me prit en aversion avant même que je fusse né. Il considéra ce songe comme un avertissement d'en haut, et, en conséquence, ne voulut pas me voir. Il refusa de s'assurer que je n'avais pas la tête d'un chien et le corps d'un dragon, et, dès le lendemain matin, il se mit en route pour Alep.

Il resta absent plus de sept années, et, pendant tout ce temps, mon éducation fut totalement négligée. Un jour, je demandai à ma mère pourquoi on m'appelait Murad l'Infortuné. Elle me dit que ce nom m'avait été donné par suite d'un songe de mon père; mais elle ajouta que, peut-être, on pourrait l'oublier si la suite de ma vie faisait voir que j'étais heureux. Une vieille femme, qui était ma nourrice, était présente Elle secoua la tête, et, avec un regard que je n'oublierai jamais, elle répondit à ma mère assez haut pour que je l'entendisse : Il a été, il est, il sera toujours infortuné. Ceux qui sont nés sous une mauvaise étoile ne peuvent s'y soustraire. Le grand prophète Mahomet lui-même ne peut rien en leur faveur. C'est folie à une personne malheureuse de chercher à vaincre son destin; le mieux pour elle est de s'y soumettre.

Ces paroles firent une terrible impression sur moi. Chaque évènement qui m'arriva dans la suite ne fit que confirmer ma croyance aux pronostics de ma nourrice.

J'avais huit ans quand mon père revint de voyage. L'année qui suivit son retour, mon frère Saladin vint au monde. On le nomma Saladin le Fortuné, parce que le jour même de sa naissance, un vaisseau, chargé de riches marchandises pour mon père, arriva heureusement au port.

Je ne veux pas vous fatiguer en racontant tout ce qui arriva d'heureux à mon frère pendant son enfance. A mesure qu'il grandissait, ses succès, dans tout ce qu'il entreprenait, étaient aussi remarquables que ma mauvaise chance A partir du jour où le riche navire arriva, nous vécûmes dans la splendeur, et la prospérité de mon père fut attribuée à l'influence de l'heureuse destinée de Saladin.

Quand celui-ci eut vingt ans, mon père tomba dangereusement malade. Voyant qu'il ne pouvait revenir à la santé, il appela Saladin auprès de son lit; et, à sa grande surprise, il lui apprit que cette magnificence dans laquelle nous avions vécu, avait englouti toutes ses richesses et que ses affaires étaient dans le plus grand désordre. Il avait compté sur des succès continuels, et il s'était embarqué dans des entreprises au-dessus de ses forces.

La conséquence de tout cela fut qu'il n'avait rien à laisser à ses enfants, si ce n'est deux grands vases de porcelaine remarquables par leur beauté et plus encore par des vers gravés sur leur surface en caractères inconnus. Nous supposions que ces vases

étaient des talismans portant bonheur à ceux qui les
possédaient.

Mon père légua ces deux vases à mon frère, dé-
clarant qu'il ne voulait m'en laisser aucun, parce
que j'étais si malheureux que j'en viendrais à les
briser. Cependant, après la mort de mon père, Saladin, doué d'une nature généreuse, me donna à choisir l'un des deux vases. Il s'efforça de relever mon
courage, en me répétant qu'il ne fallait pas avoir
grande confiance dans la bonne où à la mauvaise
fortune.

Je ne pensais pas comme lui. Je voyais bien que sa
bonté le poussait à me tirer de ma mélancolie habituelle. Mais, je savais que c'était inutile. J'étais sûr
que, malgré mes efforts, je serais toujours Murad
l'Infortuné. Mon frère, au contraire, loin d'être
abattu par la pauvreté, disait qu'il saurait bien s'é-
lever, et c'est ce qui arriva.

En examinant nos vases de porcelaine, il y trouva
une poudre d'une vive couleur écarlate, et il lui vint
à l'idée qu'il pourrait faire une belle teinture. Il se
mit à l'œuvre, et, après quelques essais, il réussit à
merveille.

Ma mère avait jadis acheté de riches habits à l'un
des marchands qui fournissent le sérail du Grand

Seigneur. Elle lui avait aussi rendu quelques légers services. Mon frère n'eut pas de peine à l'engager à recommander la nouvelle teinture écarlate. Elle était si belle, qu'on ne tarda pas à la préférer à toute autre couleur. La boutique de Saladin fut bientôt encombrée de chalands; mais la politesse de ses manières et le charme de sa conversation lui furent plus avantageux que sa teinture. Je voyais, au contraire, que ma tristesse suffisait pour repousser tous ceux qui venaient à moi et je me confirmai de plus en plus dans la croyance à ma mauvaise étoile.

Un jour, il arriva qu'une dame, richement vêtue et suivie de deux femmes esclaves, vint chez mon frère faire quelques emplettes Il était sorti et j'étais seul. Après avoir regardé plusieurs objets, elle s'arrêta devant mon vase de porcelaine. Elle en eut envie, et me dit qu'elle m'en donnerait tout ce que j'en demanderais, si je voulais le vendre. Je refusai parce que je croyais qu'il m'arriverait malheur si j'abandonnais volontairement mon talisman. Irritée de mon refus, la dame, suivant la coutume de son sexe, persista dans sa résolution. Mais ni les prières, ni les menaces ne purent rien sur moi. Provoquée outre mesure, par ce qu'elle appelait mon entêtement, elle quitta la maison.

Au retour de mon frère, je lui racontai ce qui s'était passé. Je m'attendais à ce qu'il approuverait ma prudence, mais il me blâma du pouvoir superstitieux que j'attribuais aux vers écrits sur les vases. Il me dit que c'était une grande folie de refuser le moyen certain d'accroître ma fortune pour le chimérique espoir d'une protection magique. Je ne pus me ranger à son avis. Le lendemain, la dame revint, et mon frère lui vendit son vase pour dix mille livres d'or. Il employa très utilement cet argent en renouvelant son fonds de boutique. Je me repentis, mais trop tard, de n'avoir pas fait comme lui. Je pense que la fatalité s'attache à certaines personnes et les empêche de décider, en temps opportun, ce qui est à leur avantage. Une fois l'occasion perdue, j'ai toujours regretté de n'avoir pas fait le contraire de ce que j'avais résolu. Souvent, pendant que nous hésitons, le moment favorable passe. Voilà, selon moi, en quoi consiste le malheur. Mais, je continue mon histoire.

La dame, qui acheta le vase de Saladin, était favorite de la sultane et toute puissante dans le sérail Son aversion pour moi devint si forte, qu'elle refusa de revenir à la boutique de mon frère tant que je resterais chez lui. Il ne voulait pas se séparer de moi.

mais je ne pouvais pas être la cause de la ruine d'un si bon frère. Je sortis de chez lui, à son insu, sans songer à ce que je deviendrais. La faim, cependant, me força bientôt à chercher de quoi l'apaiser. Je m'assis sur une pierre devant la porte d'un boulanger. L'odeur des pains tout chauds me tentait vivement. D'une voix faible, je demandai la charité

Le boulanger me donna tout le pain que je pouvais manger, sous la condition que je changerais d'habits avec lui et que, pendant ce jour, je porterais pour lui le pain dans la ville. J'y consentis de bon cœur, mais j'eus bientôt sujet de me repentir de ma complaisance. A la vérité, si ma mauvaise destinée ne m'avait pas, comme à l'ordinaire, privé au moment critique de l'usage de la mémoire et du jugement, je n'aurais pas consenti à la perfide proposition du boulanger. Il y avait déjà quelque temps que le peuple de Constantinople se plaignait du poids et de la qualité du pain fourni par les boulangers. Ces mécontentements sont d'ordinaire les avant-coureurs des insurrections, où, grâce à la confusion, les maîtres boulangers perdent souvent la vie.

Je changeai donc d'habits avec le boulanger. Mais, à peine avais-je fait quelques pas dans une rue voisine, que la foule s'assembla autour de moi et fit en-

tendre des reproches et des menaces. On me poursuivit jusque sous le porche du palais du Grand
Seigneur. Le grand visir, alarmé de ce tumulte, eut
recours à son remède habituel et envoya l'ordre de
me trancher la tête.

Je tombai à genoux et protestai que je n'étais pas
'e boulanger pour qui on me prenait, que je n'avais
aucune relation avec lui et que jamais je n'avais
donné du pain au peuple de Constantinople, en me
servant de faux poids. Je déclarai que j'avais seulement changé d'habits avec un boulanger pour ce
jour-là et que je ne l'eusse pas fait si je n'y avais été
forcé par le mauvais destin qui gouverne mes ac-
tions. Quelques-uns, parmi la foule, crièrent que ma
folie méritait la perte de la vie; mais les autres eurent pitié de moi, et pendant que l'officier, envoyé
pour exécuter l'ordre du visir, se détournait pour
parler aux plus séditieux, ceux qui étaient touchés
de mon infortune favorisèrent ma fuite en m'ouvrant
un passage à travers la foule.

Je quittai Constantinople, laissant mon vase à
mon frère. A quelques milles de distance, je rencontrai une bande de soldats. Je me joignis à eux, et,
apprenant qu'ils étaient sur le point de s'embarquer
pour l'Egypte avec le reste de l'armée du Grand

Seigneur, je résolus de les suivre. Si, me disais-je, la volonté de Mahomet est que je périsse, plus tôt j'accomplirai mon destin, mieux cela vaudra. Mon désespoir était si grand, que je prenais à peine les soins nécessaires à la conservation de mon existence. Pendant toute la traversée, j'étais continuellement assis sur le pont du vaisseau, en fumant ma pipe. Je crois que si une tempête était survenue, comme je l'espérais, je n'aurais pas même ôté la pipe de ma bouche, je n'aurais pas même saisi un cordage pour me préserver de la mort. Tel est l'effet de cette espèce de résignation ou de torpeur, appelez-la comme vous voudrez, où mon âme se trouvait réduite par ma ferme croyance en la fatalité.

Cependant, malgré mes pressentiments, nous arrivâmes sains et saufs. Un léger accident de peu d'importance, et qui ne mérite pas d'être rapporté, me retint au vaisseau plus longtemps que les autres, et je ne pus arriver au camp d'El-Arish que fort avant dans la nuit. Il faisait clair de lune, et je voyais parfaitement autour de moi. Un grand nombre de petites tentes s'élevaient sur un désert de sable blanc; quelques dattiers se montraient à peu de distance. Tout était sombre et triste. On n'entendait que le bruit des chameaux paissant auprès des tentes, et sur mon chemin, je ne rencontrai pas une créature humaine.

J'avais sorti ma pipe, et je hâtais le pas vers un feu que j'apercevais près d'une tente. Tout à coup, mes yeux furent attirés par un objet qui brillait sur le sable : c'était un anneau. Je le ramassai et le mis à mon doigt, me promettant de le donner le lendemain matin au crieur public, afin de retrouver le propriétaire. Mais, par malheur, je l'avais mis au petit doigt, pour lequel il était trop large. En me pressant d'arriver au feu pour allumer ma pipe, cet anneau m'échappa. Je m'arrêtai pour le chercher dans l'herbe que broutait une mule ; mais le maudit animal me donna à la tête un si violent coup de pied, que je ne pus retenir un grand cri de douleur.

Mes cris éveillèrent ceux qui dormaient sous la tente près de laquelle paissait la mule. Furieux d'avoir été dérangés, les soldats songèrent à me faire un mauvais parti. Ils dirent que j'étais un voleur et que j'avais dérobé l'anneau que je prétendais avoir trouvé. L'anneau me fut enlevé de force, et, le lendemain, je fus bâtonné. L'officier était persuadé que les coups me feraient avouer où j'avais caché certains objets de valeur qui, depuis quelque temps, avaient été perdus dans le camp. Telle fut la conséquence de l'empressement que je mis à allumer ma pipe et de la faute que je fis en mettant l'anneau à un doigt trop petit, ce qui ne serait certes pas arrivé à tout autre qu'à Murad l'Infortuné.

Quand je fus guéri de mes blessures et que je pus marcher, j'entrai sous une tente surmontée d'une bannière rouge et que l'on m'avait dit être un café. Pendant que je buvais mon café, j'entendis un étranger qui se plaignait de n'avoir pu retrouver un anneau de grande valeur qu'il avait perdu, quoique pendant trois jours il eût fait réclamer cet objet par le crieur public, et qu'il eût promis une récompense de deux cents sequins à celui qui le rapporterait. Je pensai que c'était l'anneau si malheureusement trouvé par moi. Je m'adressai à l'étranger et lui promis de montrer la personne qui me l'avait arraché de force. L'étranger recouvra son anneau, et je reçus de lui un présent de deux cents sequins pour me dédommager de la punition imméritée que j'avais subie.

Vous vous imaginez peut-être que cette bourse pleine d'or me fut de quelque avantage? Bien loin de là, elle fut la cause de nouvelles infortunes.

Une nuit, quand je crus endormis les soldats qui étaient sous la même tente que moi, je me donnai le plaisir de compter mon trésor. Le lendemain, ils

m'invitèrent à prendre un sorbet avec eux. Qu'a-
vaient-ils mêlé au sorbet? je ne sais; mais je cédai à
un assoupissement profond et irrésistible, et lorsque
je m'éveillai, j'étais couché sous un dattier, à quelque distance du camp.

Je songeai d'abord à ma bourse de sequins. La
bourse était dans ma ceinture; mais en l'ouvrant, je
la trouvai remplie de cailloux; on ne m'avait pas
laissé un seul sequin. Je ne doutai pas que je n'eusse
été volé par les soldats avec qui j'avais pris le sorbet. Je suis sûr que quelques-uns d'entre eux étaient
éveillés la nuit où je comptai mon argent. Je n'avais
confié à personne le secret de mes richesses et ils ne
pouvaient le soupçonner, parce que, depuis que j'é-
tais avec eux, j'avais toujours paru dans l'indigence.

Je me plaignis en vain aux officiers supérieurs. Les
soldats protestèrent de leur innocence. Je n'avais
aucune preuve contre eux, et je ne gagnai que le
ridicule et le mauvais vouloir. Dans l'excès de ma
douleur, je me donnai le nom que, depuis mon arrivée en Egypte, j'évitais de prononcer; je m'appelai
Murad l'Infortuné. Ce nom et l'histoire de ma bourse
coururent le camp. Dans la suite, on ne m'appela
pas autrement. Quelques-uns, cependant, pour changer, m'appelèrent Murad à la bourse de cailloux.

Mais tout ce que j'ai souffert jusque-là n'est rien, en comparaison de ce qui m'arriva ensuite.

A cette époque, au camp des Turcs, les soldats avaient la coutume de s'amuser à tirer à la cible. Les officiers supérieurs s'élevaient bien contre ce dangereux divertissement. Souvent, au moment où une bande de soldats s'apprêtait à tirer, elle recevait défense de le faire ; mais les chefs n'étaient pas écoutés. Telle était l'indiscipline de notre armée, que la désobéissance restait impunie. Dans la suite, on s'habitua à un danger si fréquent, et on n'y fit plus aucune attention. J'ai vu des balles traverser les tentes où des gens étaient tranquillement assis, fumant leurs pipes pendant que d'autres prenaient le frais près de la bannière rouge au sommet de la tente.

Cette apathie provenait, chez quelques-uns, de leur indolence habituelle ; chez d'autres, de l'ivresse causée par la fumée du tabac ou de l'opium ; mais, chez la plupart de nos frères musulmans, elle venait de leur ferme croyance en la prédestination. Quand une balle tuait un de leurs compagnons, ils se contentaient de dire, en ôtant à peine leurs pipes de leurs bouches : « Notre heure n'est pas encore venue, Mahomet ne veut pas que nous mourions encore ».

J'avoue que, dès l'abord, cette téméraire sécurité
me parut surprenante ; mais bientôt je cessai de m'en
étonner. Bien plus, elle me confirma dans la pensée
que les uns viennent au monde sous une heureuse
étoile, et que les autres sont voués à une destinée
malheureuse. Il n'est pas, me disais-je, au pouvoir
de la prudence humaine de détourner le cours du
destin.

Je mourrai peut-être demain, il faut que je me
réjouisse aujourd'hui.

Je m'appliquai donc à me procurer autant de plaisir que possible. Ma pauvreté, comme vous pensez
bien, me retenait dans de justes limites ; mais bientôt je trouvai le moyen de dépenser ce qui n'était pas
à moi. L'armée était suivie de quelques juifs qui,
calculant les chances de victoire pour nos troupes,
avançaient aux soldats de l'argent, que ceux-ci s'en-
gageaient à leur rendre, augmenté d'un intérêt
exhorbitant. Le juif, auquel je m'adressai, traita
avec moi, dans la persuasion que mon frère Saladin,
dont il connaissait le caractère et la position de
fortune, payerait mes dettes, à mon défaut. L'argent
que me donna le juif me servit à prendre fréquemment du café et de l'opium, dont j'étais devenu pas-
sionnément amateur. Dans le délire que me cau-

saient ces boissons, j'oubliais tous mes malheurs et toutes mes craintes de l'avenir.

Un jour, grandement excité par une dose d'opiùm plus forte qu'à l'ordinaire, je rôdai dans le camp, tantôt chantant, tantôt dansant comme un maniaque et répétant que je n'étais plus Murad l'Infortuné. Pendant que ces mots étaient sur mes lèvres, un des spectateurs qui était dans son bon sens me saisit brusquement par le bras et s'efforça de me tirer d'un endroit où je m'exposais. « Ne voyez-vous pas, me dit-il, ces soldats qui tirent à la cible? J'en vois un justement qui vise votre turban. Le voilà qui recharge son fusil. » Mon mauvais destin l'emportait encore dans le seul moment où je défiais toute son influence. Je me débattis contre celui qui m'avertissait, je lui dis : « Je ne suis pas celui pour lequel vous me prenez, je ne suis pas Murad l'Infortuné. » Il s'éloigna du danger, je restai, et, au bout de quelques minutes, une balle me frappa. Je tombai sur le sable privé de connaissance.

La balle fut extraite par un chirurgien maladroit, qui me fit souffrir dix fois plus qu'il ne fallait. En ce moment, il était très occupé, parce que l'armée venait de recevoir l'ordre de partir, et le camp était plein de confusion. Ma blessure était excessivement douloureuse, et la crainte d'être abandonné avec les incurables ajoutait à mes tourments. Peut-être, si j'avais su me tenir tranquille, aurais-je échappé aux malheurs qui m'arrivèrent dans la suite; mais, comme je vous l'ai dit, Seigneur, ma mauvaise fortune m'empêchait de prendre le meilleur parti, jusqu'à ce que le temps de la réflexion fût passé.

Ce même jour, dans le temps où ma fièvre était extrême, et quand j'avais ordre de garder le lit, je rompis avec mes habitudes d'indolence, je me levai cent fois, et je vins à la porte de la tente, au moment de la plus forte chaleur, pour satisfaire ma curiosité sur le nombre des tentes qui restaient à abattre et celui des soldats qui n'étaient pas encore partis.

Les ordres pour le départ furent suivis lentement, et plusieurs heures s'écoulèrent avant que notre camp fût entièrement levé. Si je m'étais soumis à l'ordonnance du chirurgien, j'aurais été en état de suivre les derniers des traînards; j'aurais pu, peut-être, obtenir la faveur de la litière dans laquelle on transportait les malades. Mais, le soir, quand le chirurgien vint panser ma blessure, il me trouva dans une situation qui permettait à peine de me remuer.

Il recommanda à quelques soldats, laissés pour

l'arrière-garde, de se charger de moi, le lendemain matin. Ils le firent; mais ils voulurent me placer sur une mule, qu'une raie blanche sur le dos me fit reconnaître pour celle qui me frappa quand je cherchais la bague. On ne put me faire monter sur le maudit animal; je les priai de me porter, ils y consentirent; seulement, au bout de quelque temps, trouvant que leur fardeau les embarrassait, ils me déposèrent sur le sable, et me dirent qu'ils allaient remplir une outre d'eau à une source qu'ils avaient découverte, et m'engagèrent à me coucher en attendant leur retour.

J'attendis longtemps, soupirant après l'eau pour mouiller mes lèvres desséchées. Mais je ne vis venir ni eau, ni soldats. Je restai là de longues heures, et je crus que j'allais rendre mon dernier soupir. Je ne fis aucun effort pour changer de place, car j'étais persuadé que mon heure était venue et que Mahomet voulait que je mourusse en cet endroit, misérablement et sans espoir de sépulture comme un chien; cette mort, pensais-je, convient parfaitement à Murad l'Infortuné.

Mes prévisions, cependant, ne se réalisèrent pas. Un détachement de soldats anglais passa près de moi. Ils entendirent mes gémissements et accouru-

rent à mon aide. Ils m'emportèrent avec eux, pan-
sèrent ma blessure et me traitèrent avec la plus
grande humanité. Quoiqu'ils fussent chrétiens, je
dois reconnaître que j'ai raison de les aimer plus
qu'aucun des disciples de Mahomet, mon bon frère
seul excepté.

Leurs soins me rendirent à la santé. J'avais recouvré mes forces, et je n'étais plus retombé dans
de nouveaux désastres. Il faisait chaud et j'éprou-
vais une soif ardente. Je partis avec quelques soldats à la recherche d'une source. Les soldats anglais
commencèrent à creuser un puits dans un endroit
qui leur fut indiqué par un de leurs hommes de
science. Je n'avais pas beaucoup de goût pour un
travail si rude, et je préférai courir à la recherche de
l'eau. Je vis à quelque distance quelque chose qui
brillait comme une nappe d'eau et je le montrai à
mes compagnons. Leur homme de science me fit
dire par son interprète de ne pas me fier à cette
trompeuse apparence, car c'était chose commune
en ce pays, et que, quand j'arriverais en cet endroit,
je n'y trouverais pas d'eau. Il ajouta que la distance
était plus grande que je ne pensais et que, selon
toute probabilité, je me perdrais dans le désert, si je
persistais à poursuivre ce fantôme.

Je fus assez malheureux pour ne pas suivre ses avis. Je voulus réaliser cette maudite illusion causée sans doute par de malins esprits qui obscurcirent ma raison et m'enchaînèrent en leur pouvoir. Je marchai plusieurs heures, dans l'espérance continuelle d'atteindre l'objet de mes désirs ; mais plus j'avançais, plus il s'éloignait. Je reconnus enfin la justesse des observations de l'Anglais qui les tenait sans doute du peuple de ce pays. Ce que j'avais pris pour de l'eau n'était qu'un mirage.

J'étais épuisé de fatigue. En vain je regardai derrière moi pour tâcher de découvrir mes compagnons, je ne vis ni animaux, ni hommes, ni traces de végétation dans ce désert de sable. Je n'eus d'autre ressource que les vestiges de mes pas imprimés sur le sable.

Je repris lentement et chagrin ces traces qui étaient mes seuls guides sur cette terre inconnue. Au lieu de céder à ma nature indolente, j'aurais dû faire les plus grands efforts pour parcourir la majeure partie du chemin avant que le vent du soir ne s'élevât. Le vent vint à souffler, et, ne connaissant pas le danger, je me réjouis et je me découvris la poitrine pour en recevoir la fraîcheur. Mais quelle fut ma consternation, quand je vis que le vent avait effacé

5

toute trace de mes pas sur le sable! Je ne sus plus quelle route suivre; je me livrai au désespoir, je déchirai mes habits, j'arrachai mon turban et je criai de toute ma force. Mais rien ne me répondit, ni voix humaine, ni échos. Le silence était effrayant. Je n'avais pris aucune nourriture depuis plusieurs heures, et j'étais malade de besoin. Je me souvins que j'avais mis une provision d'opium dans les plis de mon turban; mais, hélas! quand je le ramassai, je n'y trouvai pas l'opium. Je le cherchai en vain dans le sable.

Je me couchai à terre et ne fis plus aucun mouvement ni aucun effort pour échapper à mon malheureux sort. Ce que je souffris de la faim, de la soif, de la chaleur, ne peut se décrire. Enfin, je tombai dans une sorte de fièvre, pendant laquelle des images de différentes espèces passèrent devant mes yeux. Combien de temps restai-je dans cet état? je ne le sais; mais, je me souviens que j'en fus tiré par un cri formidable poussé par des personnes qui appartenaient à une caravane revenant de la Mecque. C'était un cri de joie pour leur heureuse arrivée auprès d'une source qu'ils connaissaient dans cette partie du désert.

La source n'était pas à cent yards de l'endroit où

j'étais couché. Cependant le sort de Murad l'Infortuné avait voulu que je laissasse la réalité pour courir après le fantôme. J'étais faible et abattu, néan-
moins je criai aussi fort que je le pus, dans l'espoir
d'obtenir du secours, et j'essayai de me traîner vers
le lieu où j'entendais les voix. La caravane resta un
temps considérable pour remplir les outres et faire
boire les chameaux. Je tâchai de la rejoindre ;
mais, malgré tous mes efforts, je craignais que, par
suite de mon mauvais destin, je ne pusse jamais par-
venir à me faire entendre. Je les vis remonter sur
leurs chameaux ; alors je déroulai mon turban, je
l'agitai dans l'air ; on aperçut mes signaux et la caravane vint à moi.

J'avais à peine la force de parler ; un esclave me
donna un peu d'eau ; et, après avoir bu, je leur dis
qui j'étais et comment j'étais tombé dans cette situation.

Pendant que je parlais, un des voyageurs examinait la bourse qui pendait à ma ceinture. C'était celle
qui m'avait été donnée par le marchand dont j'avais
trouvé l'anneau. Je l'avais conservée avec soin,
parce que les initiales du nom de mon bienfaiteur et
un passage du coran étaient brodés sur cette bourse.
En me la donnant, il me dit que, peut-être, nous

nous retrouverions dans quelque partie du monde et qu'il me reconnaîtrait à cette marque. Or, ce voyageur était son frère ; je lui dis comment elle m'avait été donnée, et il eût la bonté de me prendre sous sa protection. C'était un marchand qui allait au Grand Caire avec la caravane. Il offrit de me prendre avec lui ; j'acceptai volontiers sa proposition, et je lui dis que je le servirais aussi fidèlement qu'un esclave. La caravane se mit en marche et je la suivis.

Ces débris sont tout ce qui me reste. (page 119)

II. — LE VASE BRISÉ

Le marchand, qui était devenu mon maître, me traita avec la plus grande bonté; mais, en apprenant la série de mes infortunes, il exigea de moi la promesse que je ne ferais rien sans le consulter.

— Puisque vous êtes si malheureux, Murad, me dit-il, puisque vous avez toujours pris le plus mauvais parti quand vous avez eu à choisir, il faut vous fier entièrement au jugement d'un homme plus sage ou plus heureux que vous.

Je trouvai le bonheur au service de ce marchand,

qui était d'un caractère doux et humain. Il était si
riche qu'il pouvait se montrer généreux envers ceux
qui dépendaient de lui. Mes fonctions étaient de
veiller à ce que ses chameaux, chargés ou non, fussent placés convenablement, de compter ses balles
de marchandises et de prendre soin qu'elles ne fussent pas mêlées avec celles de ses compagnons. Je
m'en acquittai fidèlement jusqu'au jour où nous arrivâmes à Alexandrie. Ce jour-là, par malheur, je
négligeai de compter les balles, croyant que leur
nombre était exactement celui de la veille. Cependant, au moment où nous nous rendions à bord du
vaisseau qui devait nous transporter au Grand Caire,
je m'aperçus que trois balles de coton étaient
perdues.

Je courus informer mon maître qui, quoique mé-
content de ma négligence, ne me fit pas les reproches que je méritais. Le crieur public parcourut la
ville, offrant une récompense à celui qui remettrait
ces trois balles. Elles furent rendues par un marchand d'esclaves avec qui nous avions fait voyage.

Le vaisseau était sous voiles. Mon maître, moi et les
balles, nous fûmes obligés de monter sur un bateau
pour l'atteindre. Quand nous arrivâmes à bord, le
capitaine déclara qu'il était si chargé qu'il ne savait

où mettre nos marchandises. Après bien des difficultés, il consentit à les laisser sur le pont, et je promis à mon maître d'y veiller jour et nuit.

Nous eûmes un heureux voyage, et déjà nous
étions en vue du rivage. Le capitaine nous fit espérer que nous l'atteindrions dès le lendemain matin.
Je restai, comme à l'ordinaire, sur le pont, et je me
désennuyai en fumant ma pipe. Depuis que j'avais
pris cette habitude au camp d'El-Arish, je ne pouvais vivre sans opium ni tabac. Je suppose que cette
nuit-là ma raison fut un peu obscurcie par la forte
dose que j'avais prise, car, vers minuit, je fus frappé
de terreur. Je m'arrachai de l'endroit où j'étais couché ; mon turban était en flammes, la balle de coton
sur laquelle j'étais, se trouvait tout en feu. J'éveillai
deux matelots qui dormaient sur le pont, et la consternation devint générale. La confusion augmenta le
danger. Le capitaine et mon maître travaillèrent
avec ardeur et contribuèrent plus que tous les autres
à éteindre l'incendie ; mon maître essuya de fortes
brûlures.

Pour moi, on ne voulut point que je fisse la moindre chose. Le capitaine me fit attacher au mât ; et,
quand le feu fut éteint, les passagers, d'un commun
accord, le prièrent de me mettre les fers aux pieds et

aux mains, de peur que je ne fusse la cause de nouveaux désastres. Tout cela n'arriva que par suite de
ma fâcheuse destinée. En m'endormant, j'avais laissé
tomber ma pipe sur une balle et le coton avait pris
feu. J'inspirais à tout le monde tant de frayeur et de
colère, que, j'en suis sûr, ils m'auraient abandonné
dans une île déserte, plutôt que de me garder une
semaine de plus en leur compagnie. Mon bon maître, lui-même, je m'en apercevais bien, était secrè-
tement impatient d'être débarrassé de Murad l'Infortuné.

Vous pouvez croire que je fus bien joyeux quand
nous arrivâmes à terre et que je vis tomber mes
chaînes. Mon maître me mit dans la main cinquante
sequins, et me dit adieu.

— Servez-vous prudemment de cet argent, me dit-
il, si, toutefois, vous le pouvez, Murad ; peut-être
que votre fortune changera. Je n'avais guère d'espoir ; mais j'étais bien résolu à faire de cet argent un
usage aussi prudent que possible.

Comme je marchais dans les rues du Grand Caire,
cherchant comment j'emploierais les cinquante sequins à mon plus grand avantage, je fus arrêté par
quelqu'un qui prononça mon nom et qui me demanda
si je l'avais oublié. Je le fixai attentivement ; et, à

mon grand chagrin, je le reconnus pour le juif Rachub, à qui j'avais emprunté certaines sommes au camp d'El-Arish. Qui l'avait conduit au Grand Caire, si ce n'est ma mauvaise étoile ? Il ne voulut point me quitter, il ne voulut point recevoir d'excuses, il me dit qu'il savait que j'avais déserté deux fois, d'abord du camp des Turcs, ensuite de l'armée anglaise, que je n'avais droit à aucune solde, et qu'il ne pouvait croire que mon frère Saladin voulût répondre pour moi et payer mes dettes.

Je me révoltai contre l'insolence de ce chien de juif. Je répliquai que je n'étais pas un mendiant, comme il le croyait, que j'avais de quoi lui payer ma dette, mais que j'espérais qu'il me tiendrait quitte de l'énorme intérêt qu'un juif seul peut exiger. Il sourit et répondit que, si un Turc aimait l'opium plus que l'argent, ce n'était pas sa faute ; qu'il m'avait donné tout ce que j'aimais le plus au monde et que, loin de me plaindre, je lui devais de la reconnaissance.

Je ne vous fatiguerai pas, Seigneur, en vous rapportant toutes les paroles que nous échangeâmes. Enfin, nous tombâmes d'accord ; il ne voulut pas prendre moins de la dette entière, mais il me laissa à très bon compte une caisse de vêtements de rencontre, m'assurant que j'y trouverais ma fortune. Il les avait apportés au Grand Caire, disait-il, pour les vendre aux marchands d'esclaves qui, en cette saison de l'année, les recherchent pour habiller leurs esclaves; mais il avait hâte de retourner à Constantinople et de revoir sa femme et sa famille. Par conséquent, il voulait céder à un ami les profits de cette spéculation. J'aurais dû me méfier de Rachub, de ses témoignages d'amitié et de désintéressement; mais il m'entraîna à son khan, où se trouvaient les marchandises, et me les fit voir. Ces vêtements, de la plus grande richesse et de très belle étoffe, n'avaient presque pas servi. Je ne pus résister. Le marché fut conclu, et le juif chargea des portefaix de les remettre à mon hôtellerie.

Le lendemain, je parus sur la place du marché. Aussitôt que ma marchandise fut étalée, les acheteurs accoururent, et, avant la nuit, tout fut vendu. Ma bourse se remplit, et mon profit fut si grand, que je ne pouvais revenir de ma surprise en pensant à la facilité avec laquelle Rachub me l'avait abandonné.

Quelques jours après, un marchand de Damas, qui m'avait acheté deux habillements complets, me dit, avec chagrin, que deux femmes esclaves qu'il en avait revêtues étaient malades. Je ne pouvais con-

cevoir que les habits fussent la cause de leur maladie. Mais bientôt après, comme je traversais le marché, je fus accosté par une douzaine de marchands
qui me firent des plaintes semblables. Ils voulurent
savoir comment j'étais devenu possesseur de ces
effets, et me demandèrent si j'en avais porté quelques-uns. Ce jour là, pour la première fois, je m'é-
tais mis aux pieds une paire de pantoufles jaunes
que j'avais réservées pour moi. Convaincus par là
que je n'avais pas eu de mauvaises intentions, puisque je partageais le danger, quel qu'il fût, ces marchands s'apaisèrent. Mais quelle fut ma frayeur,
quel fut mon remords, quand, le lendemain matin,
un d'eux vint m'apprendre que les tumeurs de la
peste commençaient à sortir sous les bras de tous
les esclaves qui s'étaient revêtus de mes habits. Nous
examinâmes la caisse avec soin, et nous lûmes sur le
couvercle le mot *Smyrne*, à demi effacé. La peste
avait régné quelque temps à Smyrne, et les marchands soupçonnèrent que ces effets avaient appar-
tenu à des personnes mortes de ce fléau. Voilà pourquoi le juif me les vendit si bon marché, pourquoi
il ne voulut pas rester lui-même au Caire et retirer
les profits de sa spéculation. Si, dans le moment, j'a-
vais fait attention à une petite circonstance, j'aurais

eu peut-être révélation de la vérité. Pendant que je traitais avec le juif, et avant qu'il ouvrît la caisse, il avala une grande gorgée d'eau-de-vie et se bourra le nez d'éponges imbibées de vinaigre ; c'était, me dit-il, pour ne pas sentir l'odeur du musc qui lui avait toujours causé des convulsions.

En voyant que j'avais répandu la peste et que probablement j'en étais atteint, l'horreur que j'éprouvai me mit hors de moi. Une sueur froide courut dans tous mes membres, et je tombai évanoui sur le couvercle de cette maudite caisse. C'est, dit-on, la peur qui dispose les gens à la maladie ; je crois qu'il en est ainsi, car, ce soir là, je tombai malade, et bientôt je fus en proie à une fièvre violente. Ce fut bien pis quand le délire m'abandonna et que je pus réfléchir à toutes les misères que ma mauvaise fortune me faisait éprouver. Dès que je revins à moi, je jetai les yeux tout autour de l'appartement, je vis que l'on m'avait éloigné du khan et relégué dans une pauvre cabane. Une vieille femme était là, fumant sa pipe dans l'angle le plus éloigné de la chambre. Elle me dit que j'avais été emmené hors de la ville du Grand Caire, par ordre du cadi, à qui les marchands avaient porté plainte.

La fatale caisse avait été brûlée et la maison où

j'avais logé, rasée jusqu'en ses fondements. Sans
moi, ajouta la vieille femme, vous seriez probablement mort à cette heure ; mais j'ai fait vœu à notre
grand Prophète de ne négliger aucune occasion de
faire une bonne action. Aussi, quand vous étiez
abandonné de tout le monde, j'ai pris soin de vous.
Voici votre bourse que j'ai sauvée de la foule, et, ce
qui est plus difficile, des officiers de justice. Je vous
rendrai compte du moindre para que j'ai dépensé, et
je veux vous dire la raison qui m'a porté à faire un
vœu si extraordinaire.

Comme je m'apercevais que cette vieille femme
prenait plaisir à parler, j'inclinai la tête pour la re-
mercier de l'histoire qu'elle m'avait promise, et elle
commença. Mais je ne l'écoutai pas avec toute l'attention que sans doute elle méritait. La curiosité
même, la plus forte passion des Turcs, était morte
en moi. Je ne me rappelle pas un mot de l'histoire de
la vieille femme ; j'ai bien assez de finir la mienne !

Le temps devint excessivement chaud, et quelques médecins affirmèrent que cette chaleur serait
fatale aux malades ; mais, contrairement aux assertions des médecins, la chaleur arrêta les progrès de
la peste. Je recouvrai la santé et trouvai ma bourse
bien diminuée. Je partageai le reste avec ma garde-

malade et je l'envoyai à la ville pour avoir des nouvelles.

Elle me rapporta que la violence de la peste avait beaucoup diminué; mais qu'elle avait rencontré bien des cadavres que l'on portait en terre et qu'elle avait entendu bien des marchands qui maudissaient la folie de Murad l'Infortuné, qui, disaient-ils, avait répandu le fléau sur les habitants du Caire. Même les fous deviennent sages par l'expérience. Je pris soin de brûler le lit où j'avais couché et les habits que j'avais portés. Je cachai mon nom que je savais être en exécration, et, avec quelques autres pauvres malheureux, j'obtins d'être admis dans un lazaret. Là, je fis quarantaine et je fis des prières ferventes pour la cessation de la maladie.

Quand je pensai que je ne pourrais plus répandre la peste, je pris passage pour mon retour dans mon pays. J'étais impatient de m'éloigner du Grand Caire, où je savais que mon nom était en horreur. Une idée étrange s'était emparée de mon esprit. Je m'imaginai que toutes mes infortunes, depuis mon départ de Constantinople, venaient de ce que j'avais négligé mon talisman. Après ma guérison de la peste, j'avais rêvé cent fois qu'un génie m'était apparu et m'avait dit d'un ton de reproche :

Elle avait rencontré bien des cadavres que l'on portait en terre.
(page 110)

— Murad, où est le vase confié à tes soins ?

Ce songe frappait fortement mon imagination.
Dès que nous fûmes arrivés à Constantinople, à
mon grand étonnement, sans éprouver aucun accident, je courus à la recherche de mon frère Saladin.
Il n'était plus dans la maison où je l'avais laissé et je
craignis qu'il ne fût mort ; mais un portefaix, qui entendit mes demandes, me dit : « Qui peut être assez
ignorant, à Constantinople, pour ne pas connaître
Saladin le Fortuné ? venez avec moi et je vous ferai
voir sa demeure. »

La maison, où il me conduisit, était si belle, que je
n'osai y entrer, de peur de quelque méprise. Pendant que j'hésitais, la porte s'ouvrit et j'entendis la
voix de mon frère Saladin. Il m'aperçut comme je
fixais les yeux sur lui et courut m'embrasser. C'était
toujours mon bon frère ; aussi ce fut de bon cœur
que je me réjouis de sa prospérité.

— Frère Saladin, lui dis-je, pouvez-vous douter
maintenant que certains hommes sont nés pour le
bonheur et d'autres pour l'infortune ? Combien n'a-
vons-nous pas disputé autrefois sur ce sujet !

— Ne disputons pas dans la rue, dit-il en souriant.
Entrez vous rafraîchir, et plus tard nous discuterons
à loisir.

— Non, mon cher frère, lui dis-je, Murad l'Infortuné ne doit pas entrer chez vous, de peur d'être la cause de quelque infortune pour vous ou les vôtres. Je viens seulement vous demander mon vase.

— Il est en bon état ; entrez et vous le verrez. Mais, je ne veux vous le donner que lorsque vous serez dans ma maison. Je n'ai aucune crainte superstitieuse, — pardonnez-moi l'expression, — je n'ai aucune de vos craintes superstitieuses.

J'entrai, et je fus étonné de tout ce que je vis Mon frère ne chercha point à triompher de sa prospérité. Bien loin de là, il mit tous ses soins à me faire oublier mes infortunes. Il écouta avec plaisir le récit de mes aventures, et me raconta son histoire qui était bien moins merveilleuse que la mienne. Ses paroles semblaient faire croire qu'il était devenu riche par le cours naturel des choses ou plutôt par sa prudence. J'approuvai ses idées, et, ne voulant pas disputer avec lui, je lui dis :

— Gardez votre opinion, comme je garde la mienne : vous êtes Saladin le Fortuné ; moi, Murad l'Infortuné, et nous resterons ce que nous sommes jusqu'à la fin de nos jours.

J'étais à peine depuis quatre jours dans sa maison, qu'il arriva un accident qui montra combien j'avais raison. La favorite de la sultane, à qui il avait autrefois vendu son vase de porcelaine, avait conservé son pouvoir et son goût pour la magnificence. Elle avait chargé mon frère de lui faire venir de Venise la plus belle glace de toilette qu'on pût se procurer avec de l'argent. Après bien des délais et des impatiences, la glace arriva enfin chez mon frère. Il défit l'emballage, et envoya dire à la dame que tout était arrivé à bon port. La soirée était avancée ; elle dit qu'on transporterait la glace, au sérail, le lendemain matin seulement. La glace fut placée dans une sorte d'antichambre, près de l'appartement où je couchais ; il y avait aussi quelques ballots contenant des chandeliers de cristal pour un salon que mon frère faisait faire chez lui. Saladin chargea ses domestiques de bien veiller la nuit, parce qu'il avait chez lui de grandes sommes d'argent et que plusieurs vols avaient eu lieu dans le voisinage. J'entendis ces ordres, et je résolus de me trouver prêt à la moindre alerte. Vers minuit, je fus tout à coup éveillé par un bruit que j'entendis dans l'antichambre. Je me levai, je saisis mon cimeterre ; et, comme j'arrivais à la porte, la lueur de la lampe, qui brûlait dans ma chambre, me fit voir en face de moi un homme l'épée nue à la main. Je m'avançai vers lui et lui demandai ce qu'il cherchait. Je ne reçus pas de réponse ; mais, voyant son air menaçant et son cimeterre levé sur moi, je lui portai, à ce que je crus, un coup mortel. Au même instant, j'entendis un grand fracas et les fragments de la glace, brisée par moi, tombèrent à mes pieds. Alors quelque chose de noir effleura mon épaule; je le poursuivis, je rencontrai les ballots de chandeliers et je roulai avec eux sur les degrés de l'escalier.

Mon frère sortit de sa chambre pour connaître la cause de tout ce vacarme. Quand il vit sa belle glace en morceaux, et moi étendu au bas des degrés, il ne put s'empêcher de s'écrier :

—Oh! mon frère, vous êtes bien Murad l'Infortuné.

Quand la première émotion fut passée, il ne put cependant s'empêcher de rire de la situation où je me trouvais. Avec une bonté qui ne servit qu'à me donner mille fois plus de chagrin, il descendit me relever, il me prit la main et me dit :

— Pardonnez-moi, si j'ai d'abord été en colère contre vous ; je sais bien que vous n'avez pas eu l'intention de me faire du tort; mais dites-moi comment la chose est arrivée.

Pendant que Saladin parlait, j'entendis le même bruit qui m'avait déjà alarmé. En regardant derrière moi, je ne vis qu'un pigeon noir, qui voletait autour de moi sans se douter du dégât qu'il avait causé. Ce pigeon, c'était moi qui, par malheur, l'avais apporté la veille à la maison. Je l'avais donné à mes jeunes neveux, qui avaient essayé de l'apprivoiser. Je pensais peu qu'il serait la cause d'un pareil désastre. Mon frère, quoiqu'il s'efforçât de cacher son anxiété, était tout troublé à l'idée d'éprouver le déplaisir de la favorite qui, sans aucun doute, serait furieuse de la perte de sa magnifique glace. Je vis que je causerais la perte de Saladin si je continuais à rester chez lui. Ses prières ne purent m'engager à prolonger mon séjour dans sa maison. Mon généreux frère, voyant que j'étais résolu à m'éloigner, me dit : « Un facteur, que j'employais pour vendre des marchandises à mon compte, vient de mourir : voulez-vous prendre sa place? Je suis assez riche pour supporter quelques pertes légères causées par votre ignorance des affaires, et vous aurez un bon associé qui pourra et voudra vous aider. »

Je fus touché de cette bonté, surtout en ce moment. Il me fit accompagner par un esclave à la boutique où vous me voyez en ce moment, seigneurs! Un esclave, par ordre de mon frère, emporta mon vase de porcelaine et me le remit en bon état. Puis,

il me dit : « La teinture écarlate, qui a été trouvée
dans ces deux vases, a été la première cause de la
fortune de Saladin. Dès lors, il ne peut faire moins
que de la partager avec son frère Murad. »

Je me trouvais dans une position aussi avanta-
geuse que possible ; mais mon esprit n'était pas à
l'aise, quand je réfléchissais que la glace brisée serait
peut-être la ruine de mon frère. La dame, pour qui
elle avait été achetée, était, je le savais bien, d'une
nature violente. Mon frère m'a fait dire ce matin,
que, quoique son déplaisir ait été grand, je pouvais
cependant en prévenir les conséquences. « Je le
puis ! m'écriai-je, alors je suis heureux. Dites à mon
frère qu'il n'est rien que je ne fasse pour lui prouver
ma reconnaissance et pour le sauver des conséquences de ma folie. »

L'esclave que mon frère avait envoyé, parut hési-
ter à me dire ce que l'on demandait de moi, ajoutant
que mon frère craignait un refus. Je l'engageai à
parler en toute liberté ; et, il me dit que la favorite
avait déclaré ne vouloir d'autres dédommagements
pour la perte de sa glace, que le vase pareil à celui
qu'elle avait acheté de Saladin. Je ne pouvais hési-
ter. Ma gratitude l'emporta sur ma superstition et
mon entêtement. Je fis dire à mon frère que je

lui porterais moi-même ce vase dans la soirée.

Je le descendis de l'étagère où il était placé. Il était couvert de poussière, et je voulus le laver. Mais, par malheur, pour nettoyer l'intérieur des restes de la poudre écarlate, j'y versai de l'eau chaude et tout de suite j'entendis le craquement causé par la chaleur. Peu d'instants après mon vase éclata avec grand bruit. Ces débris sont, hélas! tout ce qui me reste. Mes infortunes sont au comble. Pouvez-vous vous étonner, seigneurs, de m'entendre gémir sur mon sort? N'est-ce pas avec raison qu'on m'appelle Murad l'Infortuné. Voilà la fin de mes espérances dans le monde! Mieux aurait valu que je fusse mort depuis longtemps ou plutôt que je ne fusse jamais né. Rien de tout ce que j'ai fait ou essayé ne m'a réussi. Murad l'Infortuné est mon nom et l'adversité m'a marqué de son sceau.

Damat–Zade me présenta une bourse pleine d'or. (page 131)

III. — SALADIN LE FORTUNÉ

Les lamentations de Murad furent interrompues
par l'arrivée de Saladin. Il avait attendu vainement
pendant plusieurs heures, et il venait voir si quelque
désastre était arrivé à son frère. Il fut surpris de la
présence des deux prétendus marchands et ne put
retenir une exclamation à la vue du vase brisé.
Cependant, toujours avec le même calme et avec la
même bonté, il tâcha de consoler Murad. Il ramassa
les morceaux, les examina un à un, les joignit ensemble, et, s'étant assuré que les bordures n'étaient

pas endommagées, il déclara qu'il pourrait raccommoder le vase sans qu'il y parût rien.

Ces paroles rendirent à Murad sa tranquillité habituelle.

— Frère, dit-il, je me console d'être Murad l'Infortuné, en pensant que vous êtes Saladin le Fortuné. Voyez, seigneurs, ajouta-t-il, en se tournant vers les prétendus marchands, à peine le plus fortuné des hommes a-t-il passé ici cinq minutes, et déjà il donne un heureux tour à l'affaire. Sa présence inspire la joie. Je m'en aperçois à votre physionomie, qui, un instant assombrie par le récit de mes infortunes, a repris la gaieté depuis qu'il a fait son apparition. Frère, je désire que vous dédommagiez ces étrangers du temps qu'ils ont perdu à écouter la longue série de mes malheurs. Racontez-leur votre histoire, qui, j'en suis sûr, leur fera plus de plaisir que la mienne.

Saladin y consentit, à la condition que les étrangers l'accompagneraient chez lui et prendraient part à un banquet joyeux. D'abord ils répétèrent leur première excuse, prétendant qu'ils étaient obligés de retourner à leur hôtellerie; mais enfin la curiosité du sultan l'emporta, et, suivi de son visir, il accompagna Saladin le Fortuné qui, après souper, raconta son histoire comme il suit :

Le nom de Saladin le Fortuné, qui me fut donné, m'inspira d'abord une grande confiance en moi-même, quoique j'aie peine à me souvenir qu'il me soit arrivé dans mon enfance le moindre évènement remarquablement heureux. Une vieille nourrice de ma mère me répétait, il est vrai, vingt fois le jour, que je réussirais dans tout ce que j'entreprendrais, parce que j'étais Saladin le Fortuné. Je devins présomptueux et téméraire. Les prédictions de ma nourrice ne se seraient jamais réalisées, si, à l'âge de quinze ans, je n'avais été amené à la réflexion par un séjour forcé à la maison, qui fut la suite de mon imprudence et de ma conduite inconsidérée.

A cette époque, il y avait à la Porte un Français habile machiniste, qui était employé et favorisé par le sultan, au grand scandale de plusieurs de nos compatriotes, encore imbus de préjugés. Le jour anniversaire de la naissance du Grand Seigneur, il tira un magnifique feu d'artifice, et je courus le voir avec une grande foule de peuple. Je me plaçai tout près du Français, qui se trouva bientôt gêné par les curieux. Il nous pria de nous tenir à une plus grande distance, par crainte d'accident. Nous nous exposions à être blessés par les projectiles qu'il allait faire partir. Je me fiai à ma bonne fortune et je négligeai toute précaution jusqu'à toucher quelques-unes des pièces du feu d'artifice. Elles éclatèrent, me jetèrent violemment à terre et me firent des blessures horribles.

Cet accident, seigneurs, je le considère comme un des évènements les plus heureux de ma vie, car il corrigea et abattit toute ma présomption. Tant que je restai confiné dans mon lit, le seigneur français vint souvent me voir. C'était un homme très bon et très sage. Ses conversations m'élargirent l'esprit et me guérirent de certains préjugés ridicules, notamment de celui dans lequel j'avais été élevé, et qui attribue une certaine influence à ce que l'on appelle hasard ou fortune : « Quoique vous portiez le nom de Saladin le Fortuné, me disait-il, vous voyez que, pour avoir mis de côté la prudence, vous êtes arrivé bien près de la tombe. Suivez mes avis, et désormais ayez plus de confiance en la prudence qu'en la fortune. Laissez la multitude vous appeler, si elle veut, Saladin le Fortuné; mais nommez-vous et devenez Saladin le Prudent. »

Ces paroles laissèrent dans mon esprit une impression ineffaçable, et donnèrent un autre tour à mes pensées et à mon caractère. Mon frère Murad vous a sans doute parlé de notre divergence d'opinion sur ce sujet et des fréquentes contestations qui en furent la suite. Mais nous ne pûmes jamais nous convaincre l'un et l'autre. Chacun de nous a agi suivant sa croyance. C'est à cela que j'attribue mes succès et ses infortunes.

Le premier échelon de ma fortune fut, comme vous l'a dit probablement Murad, la teinture écarlate que je perfectionnai avec beaucoup de peine. La poudre, il est vrai, fut trouvée dans nos vases de porcelaine ; mais elle y serait restée improductive, si je n'avais pas eu l'idée de m'en servir. Que nous puissions prévoir et dominer quelquefois les évènements, je le veux bien ; mais, de l'usage que nous faisons de nos facultés, dépend, je crois, notre destinée. Mais, seigneurs, vous aimez peut-être mieux écouter mes aventures que mes réflexions, et j'ai regret de vous dire que je n'ai rien de bien intéressant à vous raconter. Je suis fâché de ne pouvoir vous apprendre que je me suis perdu dans un désert de sable. Je n'ai jamais eu la peste, je n'ai jamais navigué, j'ai passé toute ma vie à Constantinople, où j'ai toujours vécu d'une manière paisible et uniforme.

L'argent que je reçus de la favorite de la sultane, me donna le moyen, comme mon frère Murad peut vous l'avoir dit, d'établir mon commerce sur une plus vaste échelle. Je m'appliquai aux affaires, et j'eus une attention constante de me rendre agréable aux personnes qui s'adressaient à moi. Tout me réussit au-delà de mes espérances; et, en peu d'années, j'acquis une fortune raisonnable, proportionnée à mon genre de commerce.

Je ne veux pas vous fatiguer en vous faisant le journal de la vie d'un marchand; je passe à un évènement qui changea totalement la face de mes affaires.

Un terrible incendie s'éleva près des murs du sérail du Grand Seigneur. Comme vous êtes étrangers, vous n'en avez probablement pas entendu parler, malgré la grande émotion qu'il produisit à Constantinople. Le superbe palais du grand visir fut entièrement consumé, et le plomb fondu tomba du toit de la mosquée de Ste Sophie. Les voisins furent peu d'accord sur les causes de l'incendie. Quelques-uns supposèrent que c'était une punition du ciel, parce que le sultan avait négligé, un vendredi, de se rendre à la mosquée de Ste Sophie. D'autres pensèrent que c'était un avertissement que Mahomet donnait au sultan pour l'empêcher de continuer une guerre injuste. La généralité des politiques de café se contentaient de dire que c'était la volonté de

Mahomet que le palais fût consumé par le feu. Satis-
faits de cette explication, ils ne prirent aucune précaution pour leurs propres demeures. Jamais les incendies ne furent aussi communs dans la ville qu'à
cette époque. C'est à peine s'il se passait une nuit
sans que nous fussions réveillés par les cris : « Au
feu ! »

Ces incendies si fréquents furent rendus plus ter-
ribles encore par de vilaines gens qui ne cherchaient
qu'à accroître la confusion dont ils profitaient pour
piller ceux qui en étaient victimes. On découvrit
que les incendiaires se cachaient le soir dans le voisinage des bezestans, où les plus riches marchands
étalaient leurs marchandises. Quelques-uns de ces
misérables furent pris à jeter des mèches par les
portes et les fenêtres quand ils les trouvaient ou-
vertes. Et, si ces engins restaient assez longtemps,
ils ne manquaient pas de réduire les maisons en cendres.

Malgré toutes ces circonstances, la plupart de
ceux dont les maisons avaient été épargnées, conti-
nuaient à répéter : « c'est la volonté de Mahomet »,
et, par conséquent, négligeaient les moyens de s'en
préserver. Moi, au contraire, je me rappelai les
leçons du bon étranger ; je ne me laissai pas abattre

par la crainte du fléau et je ne me confiai pas aveu-
glément à ma bonne fortune. Je ne me mis jamais
au lit sans avoir fait ma ronde pour voir si les lu-
mières et les feux étaient éteints et si j'avais dans la
citerne une abondante provision d'eau. J'avais autrefois appris de mon ami, le Français, que le mortier
humide est ce qui arrête le plus efficacement les progrès du feu. En conséquence, j'eus toujours sous
mes hangars de gros tas de mortier pour m'en servir
en cas de besoin. Ces précautions me furent de la
plus grande utilité. Il est vrai que je n'eus jamais le
feu chez moi; mais les maisons de mes voisins devinrent la proie des flammes plusieurs fois dans un
même hiver. Grâce à mes secours, ou plutôt à mes
précautions, ils ne souffrirent que de faibles dom-
mages. Tous mes voisins me regardèrent comme
leur sauveur et leur ami. Ils me comblèrent de présents et m'offrirent plus que je ne voulus accepter.
Ils répétèrent que j'étais Saladin le Fortuné. Je refusai ce compliment, trouvant qu'il valait mieux être
appelé Saladin le Prudent, tant il est vrai que ce
que nous appelons modestie n'est souvent qu'un
raffinement de vanité. Mais je continue mon histoire.

Une nuit, j'étais resté à souper plus longtemps

qu'à l'ordinaire chez un ami. Il n'y avait dans les rues que des Passevans (1) ou gardes, et encore je crois qu'ils étaient endormis.

Comme je passais près de l'un des conduits qui portent l'eau dans toute la ville, j'entendis le bruit de l'eau qui s'écoule. Après avoir regardé, je vis qu'un robinet était à moitié retourné, de sorte que l'eau se perdait. Je le retournai comme il devait être et je m'éloignai pensant que c'était le fait d'un simple accident. Mais, quelques pas plus loin, j'en trouvai un deuxième, puis un troisième dans la même situation. Je fus convaincu qu'il ne fallait pas l'imputer à un simple accident, et je soupçonnai le mauvais dessein de faire perdre l'eau de la ville,

(1) Dans les différents quartiers de la ville, c'est le devoir des gardes appelés Passevans, de veiller au feu. Pendant la nuit, ils parcourent leurs districts, armés d'énormes bâtons garnis de fer, dont ils frappent le pavé, en cas d'évènement, en criant : « Au feu ! » et montrent le quartier où il a pris. Il y a une tour fort élevée au palais de l'aga des janissaires et une autre à Galata. Elles dominent tout Constantinople. Une garde établie dans ces deux tours veille constamment pour le même objet. Si le feu prend, on y sonne une espèce de tocsin au moyen de deux tambours. C'est ainsi qu'on donne l'alarme et qu'on la porte au-delà du canal. Bientôt la foule court aux boutiques et les trouve souvent brûlées et pillées. (Mémoires du baron de Tott).

afin qu'on ne pût pas éteindre le feu, s'il prenait dans
le cours de cette nuit.

Je m'arrêtai quelques minutes pour examiner ce
que j'avais à faire. Il m'était impossible de courir
dans toute la ville pour arrêter l'eau qui se perdait.
J'eus d'abord l'idée d'éveiller les gardes et les pom-
piers qui dormaient à leurs postes ; mais je fis la
réflexion qu'on ne devait pas se fier à eux, qu'ils
étaient peut-être affiliés aux incendiaires ; autrement ils n'auraient pas manqué de remarquer et
d'arrêter la fuite de l'eau dans leur voisinage. Je
résolus d'éveiller un riche marchand nommé Damat-
Zade, qui demeurait près de chez moi et qui avait de
nombreux esclaves. Il pourrait les envoyer de tous
les côtés dans la ville, pour arrêter le mal et donner
aux habitants connaissance du danger.

C'était un homme très bon et très actif, et l'un de
ceux qu'on pouvait éveiller le plus facilement. Il ne
lui fallait pas, comme à certains Turcs, une heure
pour se réveiller d'un sommeil léthargique. Il était
prompt à se décider et à agir, et ses esclaves lui res-
semblaient. Il en envoya un au visir pour assurer le
salut du sultan, il en envoya aux magistrats de tous
les quartiers de Constantinople. Les tambours de la
tour de l'aga des janissaires mirent tout le monde

sur pied. Il n'y avait pas une demi-heure que l'alarme était donnée, quand le feu prit dans les appartements du rez-de-chaussée, chez Damat-Zade. Il avait été allumé par une mèche jetée derrière la porte.

Les misérables, qui avaient préparé ce crime, vinrent pour en profiter et pour piller; mais ils furent désappointés. Etonnés de se voir arrêtés et conduits en prison, ils ne pouvaient comprendre comment leurs projets avaient été déjoués. Des secours intelligents éteignirent le feu à la maison de mon ami; et, quoique d'autres incendies aient éclaté pendant cette nuit, dans différents quartiers de la ville, on n'eut que peu de pertes à déplorer, parce qu'on avait pris à temps les précautions nécessaires. Le peuple fut éveillé et averti du danger, et, par conséquent, il échappa au désastre.

Le lendemain, aussitôt que je parus au bezestan, les marchands m'entourèrent, m'appelèrent leur bienfaiteur, le sauveur de leur vie et de leur fortune. Damat-Zade me présenta une bourse pleine d'or, et me mit au doigt un diamant d'une valeur considérable. Tous les marchands suivirent son exemple et me firent de riches présents. Les magistrats m'envoyèrent des marques de leur approbation, et le grand visir me fit remettre un diamant de très belle

eau, avec ces mots écrits de sa propre main : « A
l'homme qui a sauvé Constantinople. » Pardonnez-
moi, seigneurs, la vanité que je semble mettre à rappeler ces circonstances. Mais vous avez désiré entendre mon histoire, et je ne puis omettre le princi-
pal évènement de ma vie. Dans le cours de vingt-
quatre heures, je me vis élevé, par la libérale reconnaissance des habitants de cette ville, à un degré de
prospérité qui surpassait de beaucoup cèlui que j'a-
vais jamais ambitionné.

Je pris une maison en rapport avec ma fortune, et
j'achetai quelques esclaves. Comme je les conduisais
chez moi, je fus arrêté par un juif, qui me dit en son
langage :

— Mon maître, je le vois, a acheté des esclaves;
je puis les habiller à bon marché.

Il y avait quelque chose de mystérieux dans les
allures du juif, et son aspect ne me revenait pas.
Mais, je me dis que mes sentiments ne devaient pas
être réglés par le caprice et que, si ce juif pouvait
réellement habiller mes esclaves à meilleur ccmpte
qu'un autre, je ne devais pas rejeter ses offres, uni-
quement parce que j'avais en horreur la coupe de sa
barbe, le jeu de ses yeux ou le son de sa voix. Je dis

donc au juif de me suivre chez moi, parce que je voulais voir ce qu'il me proposait.

Quand nous vînmes à parler de prix, je fus étonné de le trouver si raisonnable dans sa demande. Sur un point, cependant, il paraissait ne pas vouloir me satisfaire. Je voulais non seulement voir les habits qu'il m'offrait, mais savoir d'où ils lui venaient. Il fit des réponses qui me parurent équivoques, et je soupçonnai quelque piège. En réfléchissant, je jugeai que ces effets étaient le produit du vol ou les dépouilles de personnes mortes de maladies contagieuses. Le juif me fit voir une caisse, dans laquelle je pouvais choisir ce qui était à ma convenance. Je remarquai qu'avant d'ouvrir la caisse, il se boucha le nez de quelques herbes aromatiques, sous le prétexte qu'il ne pouvait supporter l'odeur du musc dont la caisse était imprégnée. Je le priai de me donner de pareilles herbes, et lui dis que le musc m'était également nuisible.

Le juif, soit que sa conscience fût peu tranquille, soit qu'il remarquât mes soupçons, devint pâle comme un mort. Il prétendit qu'il n'avait pas la clef véritable, et par conséquent ne pouvait ouvrir la caisse. Il me dit qu'il allait la chercher, qu'il reviendrait bientôt.

Après son départ, j'examinai quelques lettres presque effacées qui se trouvaient sur le couvercle de la caisse. Je lus le mot *Smyrne*, et c'en fut assez pour me confirmer dans mes soupçons. Le juif ne revint pas et envoya des portefaix reprendre sa caisse. Je n'en entendis plus parler jusqu'au jour où j'allai chez Damat-Zade. Je crus voir le juif traverser rapidement une des cours, comme s'il eût cherché à m'éviter.

— Mon ami, dis-je à Damat-Zade, n'attribuez pas ma question à la curiosité ou au désir de me mêler de vos affaires. Mais, dites-moi ce que vous traitez avec ce juif qui vient de traverser votre cour?

— Il doit me vendre des habits pour mes esclaves, répliqua mon ami, et il me les cède à meilleur marché que les autres. J'ai dessein de surprendre ma fille Fatima pour le jour de sa fête. Je veux lui donner des réjouissances dans le pavillon du jardin, et toutes ses esclaves doivent y paraître avec leurs nouveaux habits.

J'interrompis mon ami pour lui dire ce que je soupçonnais relativement à ce juif et à sa caisse d'habits. Il est certain que la peste peut se communiquer par les vêtements non seulement après plusieurs mois, mais après plusieurs années. Le marchand résolut de ne plus voir le juif, ce misérable qui osait compromettre la vie de plusieurs milliers de ses semblables pour quelques pièces d'or. Nous en avertîmes le cadi; mais le cadi prenait si bien son temps dans toutes ses opérations, qu'il ne put faire arrêter le juif, et le rusé compère eut tout le loisir de prendre la fuite. Quand on vint faire la visite chez lui, il avait disparu avec sa caisse. Nous apprîmes qu'il était en route pour l'Egypte, et nous nous réjouîmes de l'avoir éloigné de Constantinople.

Mon ami Damat-Zade me témoigna la plus vive reconnaissance.

— Vous avez déjà, me dit-il, sauvé ma fortune, vous venez de me sauver la vie, vous venez de sauver une vie plus précieuse que la mienne, celle de ma fille Fatima.

A ce nom, je ne pus, je crois, maîtriser mon émotion. J'avais vu cette dame quelquefois, par hasard, et j'avais été frappé de sa beauté et de sa modestie. Mais, apprenant qu'elle était fiancée, j'avais dû me résoudre à bannir son souvenir de ma pensée.

— Saladin, ajouta son père, il est de toute justice que vous, à qui nous devons la vie, vous soyez de la fête. Venez le jour anniversaire de la naissance de Fatima. Je vous placerai sur un balcon qui domine

le jardin et vous verrez tout le spectacle. Nous aurons une illumination de tulipes, semblable à celle
qui se pratique dans les jardins du Grand Seigneur
Je vous assure que cela méritera d'être vu (1).

J'ai toujours pensé que le meilleur moyen de
vaincre le danger est de le fuir. Aussi je m'excusai
de mon mieux d'assister à cette fête, car je ne voulais pas revoir Fatima, qui avait produit sur 'moi
une si forte impression et que je savais destinée à un
autre. Mais Damat-Zade ne voulut pas recevoir mes
excuses. Il n'oublia rien pour me faire revenir de
ma résolution, il essaya de la tourner en ridicule.
Puis, voyant que tout était inutile, il entra en colère
et me dit que, puisque je le désobligeais à ce point,
c'est que je me souciais fort peu de son amitié, que

(1) L'illumination de tulipes ou tchiraga, est ainsi appelée
parce que des parterres entiers de tulipes sont illuminés. C'est la
fleur, dit le baron de Toit, que les Turcs aiment le plus passion-
nément. Les jardins du harem servent de théâtre à ces fêtes noc-
turnes. On rassemble toutes sortes de vases et on les garnit de
fleurs naturelles ou artificielles. On les éclaire par un nombre in-
fini de lanternes, de lampes colorées, et de flambeaux de cire
placés dans des tubes de verre et réfléchis par des miroirs dis-
posés à cet effet. Des boutiques, momentanément dressées, sont
remplies de toutes sortes de marchandises et tenues par les
femmes du harem qui, sous des habits de marchandes, s'occu-
pent à vendre. La danse et la musique prolongent ces amuse-
ments fort avant dans la nuit, et donnent quelques instants de
joie à ces murs où règnent la tristesse et l'ennui.

dès lors il ne voulait plus avoir aucun rapport avec un homme qui le traitait avec tant de mépris, etc.

Etonné de ce langage et de la colère qui brillait dans les yeux de Damat-Zade, lequel n'avait toujours paru jusqu'alors fort doux et accessible à la raison, je fus sur le point de m'emporter et de le laisser; mais les amis, une fois perdus, sont difficiles à regagner. Cette considération eut le pouvoir de me retenir.

— Mon ami, répliquai-je, nous reparlerons demain de cette affaire. Aujourd'hui vous êtes en colère et vous ne pourriez me rendre justice; mais, demain vous serez calme et vous verrez que j'ai raison. Je recherche le bonheur de ma vie, et le moyen le plus sûr d'y arriver est de ne pas voir Fatima, qui est promise à un autre.

— Alors, dit mon ami, en m'embrassant et en quittant le ton colère qu'il n'avait pris que pour m'éprouver, alors Fatima est à vous.

Je ne pouvais en croire mes oreilles. La parole me manqua pour exprimer ma joie.

— Oui, mon ami, ajouta le marchand, Fatima est à vous. J'ai voulu éprouver votre prudence; je suis content de l'épreuve et je vous donne Fatima, certain que vous la rendrez heureuse. Il est vrai que j'avais en vue pour elle une alliance plus élevée. Le pacha de Maksoud me l'a demandée. Mais, après des informations secrètes, j'ai appris qu'il est adonné à un usage immodéré de l'opium, et ma fille ne sera jamais la femme d'un homme qui, la moitié du jour, est un fou, et l'autre moitié un triste idiot. Je n'ai rien à craindre du ressentiment du pacha, car j'ai auprès du visir de puissants amis qui sauront bien le forcer à écouter la raison et à supporter un désappointement si bien mérité. Et maintenant, Saladin, refusez-vous toujours de voir l'illumination des tulipes ?

Je ne sais ce que je répondis ; mais, le jour de l'illumination arriva, et, ce jour là, je fus uni à Fatima qui, depuis bien des années, est la joie et l'orgueil de mon cœur. Son père me donna la maison où je demeure et joignit ses biens aux nôtres. De sorte que je suis plus riche que je ne l'avais jamais ambitionné. Mes richesses me donnent le moyen de soulager les autres, et je ne puis les dédaigner. Je veux persuader à mon frère Murad d'y participer et d'oublier ses infortunes. Alors je serai complètement heureux. Quant à la glace de la favorite de la sultane et au vase brisé, nous trouverons bien quelque moyen...

Saladin, je me réjouis de connaître votre vie. (page 139)

IV. — Murad l'infortuné et saladin le prudent

— Ne vous inquiétez pas de cette glace ni de ce
vase brisés, dit le sultan, écartant ses habits de marchand et laissant voir ses vêtements impériaux.
Saladin, je me réjouis d'avoir entendu de vos lèvres
le récit de votre vie. Et je reconnais mon tort, visir,
dit-il, en se tournant vers son ministre. Les histoires
de Saladin le Fortuné et de Murad l'Infortuné me
font voir que la prudence a plus de part que la fortune dans les affaires des hommes.

Les succès et le bonheur de Saladin me paraissent

venir de la prudence. Par sa prudence, Constantinople a été préservé des flammes et de la peste. Si
Murad avait eu la prudence de son frère, il n'aurait pas
été sur le point de perdre la tête, en vendant du pain
qui ne lui appartenait pas; il n'aurait pas été frappé
par une mule, ni bâtonné pour avoir trouvé un anneau;
il ne se serait pas laissé voler par des soldats, ni bles-
ser par d'autres; il ne se serait pas perdu dans un désert; il ne serait pas devenu la dupe d'un juif; il n'aurait
pas mis le feu à un vaisseau; il n'aurait pas pris la
peste et ne l'aurait pas répandue au Grand Caire; il
n'aurait pas couru, à travers la glace, sur un homme
qu'il prenait pour un voleur; il n'aurait pas cru que
le sort de sa vie dépendait de certains vers écrits sur
son vase de porcelaine, et, enfin, il n'aurait pas brisé
ce précieux talisman, en le lavant à l'eau chaude.
Dans la suite, Murad l'Infortuné se nommera Murad
l'Imprudent; et Saladin gardera le nom qu'il mérite:
il sera Saladin le Prudent.

Ainsi parla le sultan, qui, contrairement à la généralité des monarques, sut avouer son tort et reconnaître la justesse de l'opinion de son visir, sans lui
faire trancher la tête. L'histoire nous apprend aussi
qu'il offrit à Saladin de le faire pacha et de lui confier
le gouvernement d'une province. Mais Saladin le

Prudent refusa cet honneur, en disant qu'il n'avait pas d'ambition, qu'il était parfaitement heureux dans sa condition, que, dans ce cas, ce serait folie d'en changer, puisqu'il ne pourrait pas devenir plus heureux.

L'histoire ne dit pas quelles furent dans la suite les aventures de Murad l'Imprudent. On sait seulement qu'il devint visiteur assidu du Tériaky, et qu'il mourut enfin victime de sa passion pour l'opium (1).

(1) Ceux qui, parmi les Turcs, s'adonnent à un usage immodéré de l'opium, sont facilement distingués à une sorte de cri rauque produit avec le temps par ce poison. Ne trouvant la vie agréable que quand ils sont dans l'ivresse, ces hommes présentent un curieux spectacle quand ils sont réunis dans un endroit de Constantinople appelé Tériaky ou Tcharkisy, qui est le rendez-vous des fumeurs d'opium. C'est là que, vers le soir, vous voyez les amateurs d'opium arriver par différentes rues qui aboutissent à la Solymania (grande mosquée de Constantinople). Leur visage pâle et triste vous inspirerait de la compassion, si leur cou tendu, leur tête détournée, leur épine dorsale courbée, leurs épaules s'élevant jusqu'aux oreilles, et plusieurs autres attitudes grotesques, fruit de leur habitude, n'offraient le spectacle le plus amusant et le plus risible. (Mémoires du baron de Tott.)

Qui vous a donné ces gants ? (page 146)

LES GANTS DE LIMERICK

I. — ANGLAIS CONTRE IRLANDAIS

C'était un dimanche matin, par un beau jour d'automne. Les cloches de la cathédrale d'Héreford sonnaient à toutes volées, et la foule endimanchée se rendait à l'église.

— Madame Hill, Phœbé! Phœbé! c'est la cloche de la cathédrale, vous dis-je; aucune de vous ne sera à l'église, non plus que moi le bedeau! criait du bas de l'escalier, M. Hill, le tanneur.

— Je suis prête, papa, répondit Phœbé. Et elle descendit les marches, si propre, si fraîche, si gaie, que la figure de son père s'illumina de joie. Il lui dit seulement, en la voyant mettre une paire de gants neufs :

— Mon enfant, avez-vous ces gants depuis longtemps ?

— Depuis longtemps ! répondit la mère, qui descendait à son tour, coquettement habillée aussi; mais elle pourrait se dispenser de les mettre, surtout chemin faisant.

— Ce sont de très bons gants, aussi bien que je puisse m'y connaître. Mais il ne s'agit pas de cela. Il serait plus convenable de nous rendre à temps dans notre banc, plutôt que de nous arrêter à parler de gants et autres choses insensées, ajouta M. Hill, en offrant le bras à sa femme et à sa fille pour les conduire à la cathédrale. Mais Phœbé était trop occupée à se ganter, et sa mère trop mécontente, pour accepter la politesse de M. Hill.

— Ce que je dis manque de sens, je le sais, Monsieur Hill, reprit l'épouse, mais je vois tourner la roue aussi bien que les autres. N'est-ce pas moi qui, la première, vous ai averti du grand chien que nous avons perdu l'an dernier à la tannerie ? N'est-ce pas moi qui, la première, vous ai fait voir à vous, Monsieur Hill, le bedeau, le trou qui est sous les fondations de la cathédrale ? Cela n'est-il pas ? je vous le demande, Monsieur Hill ?

— Mais, ma chère Madame Hill, qu'a ceci de commun avec les gants de Phœbé ?

— Etes-vous aveugle ? ne voyez-vous pas que ce sont des gants de Limerick ?

— Eh bien ! après, répondit-il, tout en tâchant de conserver son calme autant qu'il le pouvait, comme il le faisait quand il voyait sa femme s'emporter.

— Après ! Monsieur Hill, ne savez-vous pas que Limerick est en Irlande, Monsieur Hill ?

— Parfaitement, ma chère.

— Oui, et aussi, je le suppose, vous voudriez de tout votre cœur voir sauter votre cathédrale un beau jour ou l'autre, et voir votre fille mariée à celui qui en serait l'auteur, vous un bedeau. Monsieur Hill.

— Que Dieu nous en préserve ! dit-il, en s'arrêtant et en dérangeant sa perruque. Puis, revenant à lui, il ajouta : — Mais, Madame Hill, la cathédrale ne saute pas encore, et notre Phœbé n'est pas encore mariée !

— Non, mais qu'est-ce que cela fait ? un averti en vaut deux. Je vous l'ai dit, avant que le chien fût

7

parti, mais vous n'avez pas voulu me croire. Vous avez vu ce qui en est résulté dans ce cas, ainsi en adviendra-t-il dans l'autre !

— Vous m'embarrassez et vous m'effrayez outre mesure, Madame Hill. Je ne puis comprendre une syllabe de ce que vous me dites depuis une heure. En bon anglais, qu'a ceci de commun avec les gants de Phœbé ?

— En bon anglais, alors, puisque vous ne pouvez comprendre la moindre chose, vous plairait-il de demander à Phœbé d'où lui viennent ces gants ?

— Phœbé, qui vous a donné ces gants ?

— Je voudrais les savoir brûlés, dit le mari dont la patience était à bout, Phœbé, d'où viennent ces gants maudits ?

— Papa, répondit-elle à voix basse, c'est un présent de M. Brian O'Neill.

— Le gantier irlandais, ajouta le père avec terreur.

— Oui, j'en étais sûre; maintenant, vous le voyez, j'avais raison.

— Otez ces gants tout de suite, je vous l'ordonne, Phœbé, dit le père de sa voix la plus imposante. J'ai conçu contre Brian O'Neill une aversion mortelle, la première fois que je l'ai vu. Il est Irlandais ; c'est assez, c'est beaucoup trop pour moi. Otez ces gants,

Phœbé : quand j'ordonne, je veux que l'on m'obéisse.

Phœbé fit semblant de trouver quelque difficulté à ôter les gants, et fit observer d'un air enjoué qu'elle ne pouvait entrer à la cathédrale les bras nus. Cette objection fut à l'instant levée par la mère qui sortit de sa poche une paire de mitaines, autrefois brunes et bonnes, mais aujourd'hui déchirées en plusieurs endroits. De plus, comme elles avaient été portées par des mains deux fois grosses comme les siennes, elles pendaient en longs plis sur ses bras.

— Mais, papa, est-ce qu'un Irlandais ne peut pas être un homme de bien? demanda Phœbé.

Le bedeau ne fit pas de réponse; mais, quelques secondes après, il fit observer que la cloche de la cathédrale avait fini de sonner et qu'ils étaient à la porte de l'église. Mme Hill, avec un regard significatif à l'adresse de sa fille, fit remarquer que ce n'était pas le moment de parler des hommes bons ou mauvais, ni des Irlandais ni des autres, et que cela ne convenait pas, surtout à la fille d'un bedeau.

Nous passons sous silence les nombreux commentaires auxquels les fidèles se livrèrent sur les raisons qui faisaient paraître Phœbé, un dimanche, avec de si tristes mitaines. Le service fini, le bedeau vint

avec grand mystère examiner le trou sous les fondations de la cathédrale. Mme Hill courut rejoindre quelques femmes d'épiciers et de papetiers, pour
faire une promenade dans le parc. Là, au milieu de
ces commères, qu'elle appelait ses amies, elle vanta
sa prudence maternelle et l'insistance qu'elle avait
mise auprès de M. Hill, pour empêcher que sa fille
ne conservât les gants de Limerick.

Cependant, Phœbé s'en revenait pensive à la
maison, tâchant de découvrir pourquoi son père prenait, à première vue, de l'aversion contre un homme,
précisément parce que cet homme était Irlandais, et
pourquoi sa mère avait tant parlé du grand chien
qui, l'année dernière, avait disparu de la tannerie,
et du trou qui se trouvait sous les fondations de la
cathédrale.

— Qu'a de commun tout ceci avec mes gants de
Limerick? pensait-elle.

Plus elle réfléchissait, moins elle apercevait de
rapport entre ces choses. Comme elle n'avait point,
à première vue, conçu d'aversion contre M. Brian
O'Neill, parce qu'il était Irlandais, elle pensait qu'il
n'était pas raisonnable de le soupçonner d'avoir fait
perdre le chien de la tannerie, ni d'avoir le projet de
faire sauter la cathédrale d'Héreford. Etant ainsi

livrée à ses pensées, elle arriva en face des ruines de la maison d'une pauvre femme, maison qui, peu de mois auparavant, avait été détruite par le feu. C'était là qu'elle avait vu O'Neill pour la première fois ; et, en réfléchissant au courage et à l'humanité qu'il avait montrés, dans cette circonstance, pour sauver l'infortunée et ses enfants, elle se disait qu'il se pourrait bien qu'un Irlandais fût un homme de bien.

Le nom de la pauvre femme était Smith. Elle était veuve, et demeurait en ce moment à l'extrémité d'une petite ruelle, dans une misérable habitation. Phœbé se reprocha de l'avoir négligée pendant quelques semaines. Elle résolut d'aller la voir tout de suite et de lui donner une *couronne* qu'elle gardait depuis longtemps et qu'elle destinait à quelques emplettes.

La première personne qu'elle vit dans la maison de la veuve fut O'Neill, qui jouait avec un des enfants. Phœbé tira la veuve à part, lui glissa sa couronne dans la main, et dit qu'elle reviendrait.

Le dimanche suivant, miss Jenny Brown, la fille du parfumeur, vint rendre visite à Phœbé. Elle entra joyeuse et empressée.

— Allons, ma chère, dit-elle, nous aurons du beau

à Héreford. Pourquoi baissez-vous les yeux ? Pour sûr, vous êtes invitée aussi bien que nous.

— Invitée où ? demanda la mère qui était présente et qui ne voulait jamais entendre parler d'une invitation d'où elle était exclue.

— Invitée où ? je vous prie, miss Jenny.

— Là ! ne comprenez-vous pas ? Nous savons toutes que vous et miss Phœbé avez été les premières invitées au bal de M. O'Neill.

— Au bal ! voilà une nouvelle qui me surprend fort. Je n'en avais jamais entendu parler auparavant.

— C'est bien extraordinaire ! Phœbé, n'avez-vous pas reçu une paire de gants de Limerick ?

— Oui ; mais, qu'ont de commun mes gants de Limerick avec le bal ?

— Beaucoup, dit Jenny. Ne savez-vous pas qu'une paire de gants de Limerick représente un billet de bal ? Tout le monde le dit. Je crois que, ce matin, une vingtaine de personnes, sans me compter, ont été invitées !

Jenny alors montra une paire de gants neufs, les essaya et fit voir comme ils lui allaient bien. Elle dit les noms de celles qui, à sa connaissance, étaient invitées, s'étendit sur les grands préparatifs que la veuve O'Neill, mère de M. O'Neill, faisait pour le

souper, compâtit à l'infortune de Mme Hill qui n'a_
vait pas été invitée, et partit pour faire préparer sa
toilette.

Il y eut quelques minutes de silence. Phœbé le
rompit pour dire à sa mère que, ce matin même, il
était venu pour elle une lettre, mais qu'elle l'avait
renvoyée, parce qu'elle avait cru que c'était une invitation au bal de M. O'Neill.

Naturellement, le cœur de Mme Hill était enclin à
la tendresse maternelle, et elle laissait libre cours
à ce sentiment, pourvu qu'elle passât dans Héreford
pour avoir plus de perspicacité que personne.
Comme elle n'avait conçu, à première vue, pas plus
que Phœbé, du reste, d'aversion contre l'Irlandais,
elle fut alarmée et piquée à l'idée que la fille du parfumeur rivaliserait avec la sienne et l'éclipserait.

— Ainsi, ma fille, dit Mme Hill, puisque vous avez
une paire de gants de Limerick, puisque certainement ce billet était une lettre d'invitation pour nous,
puisque nous ne sommes pas certains que M. O'Neill
ait fait perdre le chien, quoiqu'il ait dit que ses
aboiements lui étaient désagréables, puisqu'il ne l'a
pas tué ni fait égarer, puisqu'il n'y a pas de motif
pour croire que ce soit lui qui a fait ce trou sous les
fondations de la cathédrale, dans l'intention de la

faire sauter, puisque, après tout, ce n'est pas sa
faute s'il est Irlandais, mon désir et mon opinion
sont que vous devez aller à ce bal. Je parlerai à
votre père et je le gagnerai à notre cause. Enfin, je
ferai aujourd'hui même une visite à la veuve
O'Neill et tout ira bien. Jenny Brown ne viendra
plus nous apporter ses condoléances hypocrites.

Mme Hill débita ce discours tout d'une haleine;
puis, sans attendre la réponse de Phœbé, elle courut à la recherche de son mari.

Il ne lui fut pas aussi facile qu'elle le croyait, de
le gagner à sa cause. M. Hill était long à se déclarer
pour quelque opinion que ce fût; mais, quand il
avait dit une chose, il était difficile de le faire revenir. Dans cette occasion, il avait été mené loin
par ses préjugés contre l'infortuné Irlandais, car il
avait annoncé avec grande solennité, au club qu'il
fréquentait, l'affaire du trou sous les fondations de
la cathédrale et les soupçons qu'il avait du dessein
de la faire sauter.

A cette idée, plusieurs membres du club se mirent à rire; les autres, qui savaient que M. O'Neill
était catholique romain, et qui croyaient confusé-
ment qu'un catholique romain est un scélérat capable de tout, et un homme dangereux, pensèrent qu'il

y avait du vrai dans les soupçons du bedeau et
qu'on devait ouvrir un œil vigilant sur le gantier
irlandais, qui était venu s'établir à Héreford, on ne
savait pourquoi, et qui, on ne savait comment
avait toujours de l'argent à sa disposition.

Les nouvelles du bal vinrent augmenter les soupçons de M. Hill. Il y vit les indices d'une conspi-
ration.

— Ah! ah! pensait-il, l'Irlandais est adroit, mais
nous sommes en nombre. Il a besoin d'entraîner
les ouvriers sobres par l'appât des danses, des fes-
tins et de la débauche, je le comprends, afin d'exécuter son infernal dessein. Mais nous sommes
prêts. Les fous comme lui verront qu'ils ont
affaire à de véritables Anglais, je le garantis.

Tout entier à ces subtiles conjectures, notre
bedeau garda un silence prudent avec sa femme,
et fit un signe de tête expressif, quand elle vint
pour le persuader de permettre à Phœbé de mettre
ses gants de Limerick et d'aller à ce bal.

— Elle n'ira pas à ce bal, et je vous charge de lui
dire qu'elle ne mette pas ses gants de Limerick,
pour peu qu'elle ajoute du prix à ma bénédiction.
Ayez l'obligeance de lui parler ainsi, Madame Hill,
et fiez-vous à ma discrétion et à mon jugement.

Quelque chose d'étrange doit se passer à Héreford,
je ne puis vous en dire plus long. Il faut que j'aille
consulter les hommes prudents qui pensent comme
moi !

Il sortit et laissa Mme Hill dans un état que com-
prendront et auquel compâtiront les seules personnes tourmentées par une excessive curiosité.
Elle revint en toute hâte vers Phœbé, et lui rapporta la réponse de son père, puis elle courut trouver ses camarades dans Héreford, pour leur dire
tout ce qu'elle savait, tout ce qu'elle ne savait pas,
et pour tâcher de découvrir un secret dont la clef
échappait à tout le monde.

Pendant que M. et Mme Hill étaient fort affairés
au dehors, Phœbé eut la visite d'un des enfants de
la veuve Smith. Aux expressions de gratitude pour
Phœbé, la petite fille joignit les louanges de
O'Neill, qui, disait-elle, avait été l'ami constant de
sa mère et lui avait donné de l'argent chaque semaine depuis l'incendie.

— Il a été aussi bon pour une autre personne,
continua l'enfant.

— Pour qui?

— Pour un pauvre homme qui demeure à notre
porte depuis quelques jours. Je ne sais pas bien

son nom, mais il est Irlandais et gagne sa vie à faner avec les autres journaliers. Il a connu M. O'Neill dans son pays, et il a raconté à maman bien des histoires qui montrent sa bonté.

Comme la fillette finissait ces mots, Phœbé sortit d'un tiroir quelques vêtements qu'elle avait faits pour les enfants de la veuve et les donna à la petite fille.

M. Hill, pendant ce temps, avait conféré avec les hommes prudents d'Héreford qui pensaient comme lui. On remémora, au sujet de O'Neill, toutes les sinistres circonstances de son bal, les dépenses auxquelles il se livrait, la distribution des gants, qui montrait évidemment qu'il n'avait pas besoin de les vendre; ce qui donnait à supposer que, quoiqu'il prétendît être gantier, il n'était qu'un scélérat déguisé. Après qu'on eut pesé toutes ces considérations, il fut résolu, par ces sages politiciens, que le mieux qu'on pût faire pour Héreford était de mettre cet intrigant en prison, si l'on voulait prévenir la ruine de la cathédrale. En réfléchissant, cependant, ils virent qu'il n'y avait aucun motif légal d'arrestation. A la fin, ils consultèrent un attorney et s'arrêtèrent à un parti, qu'ils jugèrent un mode admirable de procédure.

Notre héros Irlandais n'avait pas dans ses payements toute la ponctualité dont se piquent les marchands anglais. Il avait eu, l'année passée, un compte
considérable chez un épicier d'Héreford. Vers
Noël, il n'avait point d'argent pour payer ; il promit
de s'acquitter dans le délai de six mois. L'épicier, sur
la demande de M. Hill, fit à celui-ci cession de sa
créance. Il fut donc résolu que la somme serait exi-
gée sans retard, et que, si O'Neill ne payait pas, il
serait arrêté la nuit suivante.

Comment M. Hill pouvait-il accorder la connaissance de cette dette avec l'assertion qu'il avait émise
que M. O'Neill avait toujours de l'argent à sa disposition ? Nous ne pouvons le concevoir, tant il est
vrai que la passion et les préjugés n'hésitent pas à
admettre sans difficulté les plus grossières contra-
dictions.

Quand le commis de M. Hill vint demander le
payement de la dette, O'Neill avait la tête remplie
du bal qu'il devait donner. Il fut très surpris de cette
demande, car il n'avait pas d'argent. Il s'emporta
contre le commis, se plaignit de la manière peu généreuse et peu noble dont l'épicier et le tanneur en
usaient à son égard dans un tel moment. Il dit au
commis de décamper et de ne pas l'importuner da-

vantage, qu'il n'avait point de fonds et ne voulait pas se donner la moindre peine pour s'en procurer.

Ce langage et cette conduite étaient choses nouvelles pour les yeux et les oreilles d'un commis anglais. Nous ne pouvons trouver étrange que tout cela lui parût, comme il le dit à son maître, les manières d'un fou plutôt que d'un négociant. Ce défaut d'exactitude en matière d'argent, et cette façon de traiter les affaires comme par faveur et par sentiment, n'auraient pas perdu le crédit de notre héros dans son propre pays où une telle conduite est, hélas! trop commune. Mais dans le Royaume-Uni, où les coutumes sont tout à fait différentes, il ne pouvait rencontrer d'indulgence. Il serait bon pour eux que les enfants de l'Irlande, avant de venir s'établir en Angleterre, devinssent, même au prix de quelques mortifications, sensibles à cette différence entre les négociants anglais et ceux de leur pays.

Mais continuons notre histoire. La nuit même du bal, au moment où M. O'Neill reconduisait chez eux quelques invités, et entre autres la fille du parfumeur, il se sentit saisi par une main peu amicale. En s'entendant dire qu'il était prisonnier du roi, il eut recours à des vociférations que nous craignons de répéter. Non! je ne suis pas prisonnier du roi, je suis prisonnier de ce scélérat de tanneur, Jonathan Hill. Nul que lui n'oserait arrêter un gentleman pour une bagatelle qui ne vaut pas la peine d'être rappelée.

Miss Brown poussa des cris perçants, en se trouvant en la compagnie d'un homme arrêté. Ses cris et ceux de l'Irlandais causèrent tant de tumulte, que la foule s'assembla.

Dans cette foule, se trouvaient quelques faneurs Irlandais, qui s'en retournaient chez eux, après avoir bu dans un cabaret voisin. D'un commun accord, ils prirent parti pour leur compatriote et se mirent en mesure de le délivrer des mains des officiers civils. Mais, heureusement, le prisonnier eut assez de bon sens pour calmer leur emportement et leur défendre lui-même, pour peu qu'ils s'intéressassent à sa vie, de prendre sa défense par la parole ou les actes.

Il dépêcha un des faneurs à sa mère, pour l'informer de ce qui lui arrivait et la prier de lui procurer une caution le plus tôt possible, car les officiers lui avaient dit qu'ils ne le perdraient pas de vue jusqu'à ce qu'il eût payé ou qu'il eût donné une bonne caution.

La veuve O'Neill était occupée à ranger les bougies de la salle, quand elle reçut la nouvelle de l'ar-

restation de son fils. Nous passons sur ses exclama-
'ions en dialecte irlandais. Elle consola son orgueil
en réfléchissant qu'il serait certainement très facile
de trouver à M. O'Neill une caution dans Héreford
où il avait beaucoup d'amis qui avaient dansé chez
lui. Mais elle trouva que danser chez quelqu'un est
toute autre chose que donner une caution pour lui.
Chacun s'excusa de son mieux, et la veuve O'Neill
fut fort étonnée d'une attitude qui ne surprendra
certainement pas ceux qui savent ce que sont les
questions d'intérêt.

— Plutôt que de laisser mon fils en prison, pour
une misérable dette, s'écria-t-elle, je vendrai tout ce
que je possède à un prêteur sur gages, et cela avant
une demi-heure.

Il n'y avait pas là de prêteur sur gages pour entendre sa déclaration, mais elle était trop agitée pour
viser à l'économie. Elle envoya chercher un prêteur
qui demeurait dans la même rue, et, après avoir en-
gagé en valeur le triple de la dette, elle obtint l'argent nécessaire à la liberté de son fils.

O'Neill, après être resté en prison une heure et
demie, fut mis en liberté quand sa dette fut payée.
Comme il passait devant la cathédrale pour se ren-
lre chez lui, il entendit sonner l'horloge. Il appela

un homme qui se promenait dans le cimetière, et lui demanda s'il était deux ou trois heures.

— Il est trois heures, répondit l'homme, et jusqu'ici tout va bien.

O'Neill, dont la tête était pleine d'autres choses, ne s'arrêta point pour demander le sens de ces dernières paroles. Il supposait que cet homme était un garde de nuit, que le trop prudent bedeau avait mis là pour garantir la cathédrale de ses attaques. O'Neill savait bien qu'il avait été arrêté précisément pour qu'il ne pût faire sauter la cathédrale cette nuit-là.

Cette arrestation produisit sur lui un excellent effet. Comme il avait du bon sens, il résolut de restreindre ses dépenses, de vivre moins comme un gentleman et plus comme un gantier, de rechercher plutôt un crédit solide que la popularité. Il vit, par sa propre expérience, que de bons amis ne payent pas de mauvaises dettes

Il ne perdit pas un mot de ce qui fut dit. (page 171)

II. — LES CONSPIRATEURS D'HÉREFORD

Le jeudi matin, notre bedeau se leva avec une gaieté inusitée. Il se félicitait de l'éminent service qu'il avait rendu à la cité d'Héreford, par sa sagacité à découvrir le complot formé par un étranger pour faire sauter la cathédrale, et par son adresse à mettre l'ennemi public en prison, au moment où il allait exécuter son crime. Les prudents amis de M. Hill avaient reconnu la nécessité de mettre la nuit une garde dans le cimetière, et ils avaient résolu de porter l'affaire devant le maire aussitôt que leur constante vigilance leur aurait apporté des faits que l'attorney jugerait suffisants pour ouvrir une procédure légale.

Après avoir réglé tout cela très judicieusement et très mystérieusement avec les amis qui pensaient comme lui, M. Hill se dépouilla de sa dignité de bedeau, et, revêtant les habits de tanneur, se rendit à sa tannerie. Quelle fut sa surprise et sa consternation, quand il vit à terre un grand tas d'écorces de chêne! Les morceaux étaient épars çà et là, les uns dans la cour, les autres au dehors, d'autres nageaient dans l'eau. La parole et la plume sont impuissantes à dire ce qu'il éprouva à ce spectacle. Ses impressions étaient rendues encore plus violentes par le silence absolu qu'il s'était imposé. Il décida aussitôt dans son propre esprit que cette injure lui venait de O'Neill, pour se venger de son arrestation. Il courut chez l'attorney pour l'informer de ce qui lui était arrivé et chercher un moyen légal de vengeance.

Malheureusement pour M. Hill, l'attorney était absent depuis une heure. Il était allé dans les environs chez un gentleman qui l'avait fait appeler pour recevoir son testament, de sorte qu'il fut obligé de surseoir à ses poursuites légales.

Nous renonçons à décrire son retour et à dire

combien de fois il se promena de long en large dans sa cour, considérant ses écorces renversées et estimant le dommage qu'on lui avait causé. Enfin arriva l'heure qui suspend d'ordinaire toutes les passions pour les impérieuses exigences de la faim : l'heure du dîner, l'heure qu'il n'était jamais nécessaire de rappeler à M. Hill. Il était doué d'un appétit ponctuel et puissant, si puissant, qu'il excitait les railleries de sa femme dans ses moments les plus agréables ou les moins fâcheux.

— Dieu me pardonne! M. Hill, disait-elle souvent, je suis en vérité trop contrariée de vous voir manger autant, surtout quand nous avons du monde à dîner; je voudrais que vous prissiez auparavant un acompte, afin de ne pas paraître dévorer.

D'après ce conseil, M. Hill contracta une habitude à laquelle il fut désormais religieusement fidèle. Qu'il eût ou non compagnie, il se rendait chaque jour au buffet et prenait un morceau de rôti ou de bouilli avant de se mettre à table.

Ce jour-là, comme il était devant le buffet, pour sa collation, il entendit la fille de service et le cuisinier parler ensemble d'un admirable diseur de bonne aventure que cette fille était allée consulter. Ce devin n'était rien moins que le successeur du haut personnage

Moore Carew, roi des Gipsies, dont la vie et les aventures sont probablement entre les mains d'un grand nombre de nos lecteurs. Bampfylde, second roi des Gipsies, avait pris ce titre dans l'espoir de devenir aussi fameux ou plutôt aussi décrié que son prédécesseur. Il tenait sa cour dans un bois près de la ville d'Héreford, et bon nombre de servantes et d'apprentis venaient le consulter. Il y venait aussi, mais en secret, plusieurs personnes que leur éducation aurait dû mieux inspirer.

Nombreuses furent les remarques que notre bedeau entendit faire sur le savoir et l'habileté de ce fourbe. En mangeant avec toute la gravité voulue, M. Hill conçut dans le secret un grand dessein. Mᵐᵉ Hill fut surprise plusieurs fois pendant le dîner de voir son époux poser son couteau et sa fourchette pour réfléchir.

— Grand Dieu! Monsieur Hill, que vous est-il donc arrivé aujourd'hui? A quoi pensez-vous donc, Monsieur Hill? Qu'est-ce qui peut vous faire oublier ce que vous avez sur votre assiette?

— Madame Hill, dit le pensif bedeau, notre grand'-mère Eve eut trop de curiosité, et nous savons tous qu'il n'en est rien résulté de bon. Ce à quoi je pense, vous le saurez quand il sera temps. Mais, Madame

Il tenait sa cour dans un bois. (page 164)

Hill, je vous prie, en ce moment, pas de questions.
. Je pense ce que je pense, je dis ce que je dis, je sais
ce que je sais, c'est assez pour vous. Seulement,
Phœbé, mon enfant, vous voudrez bien ne pas
mettre du tout vos gants de Limerick. Je sais ce que
je sais. Les choses tourneront justement comme je
l'ai dit la première fois. Je dis ce que je dis, je pense
ce que je pense. Vous en savez assez pour le
moment.

M. Hill termina son dîner par ce discours éloquent, et s'assit dans son fauteuil pour faire la sieste.
Il rêva de la cathédrale qui sautait, des écorces de
chêne qui flottaient sur l'eau. La cathédrale était
renversée par un homme qui portait des gants de
Limerick, les écorces de chêne se changèrent en
côtelettes de mouton, et son chien Jowler nageait
pour les attraper. Comme il courait battre Jowler
pour avoir mangé une écorce changée en côtelette,
Jowler devint Bampfylde, second roi des Gipsies.
Celui-ci mit un fouet entre les mains de Hill, et lui
ordonna par trois fois de frapper O'Neill sur la
place du marché d'Héreford. Sa voix était aussi
forte que celle du crieur public, et, dans son empressement à se rendre à cette exécution, sa perruque se
dérangea et il s'éveilla.

Il était difficile pour M. Hill de saisir le sens de ce songe. Mais il avait toujours eu le talent de trouver dans ses rêves la confirmation des projets qu'il formait lorsqu'il était éveillé. Avant de s'endormir, il avait à moitié résolu de consulter le roi des Gipsies en l'absence de l'attorney. Le songe ne fit que le confirmer dans cette sage résolution.

— Par Bampfylde second, pensait-il, j'apprendrai sûrement qui a fait le trou de la cathédrale, qui a renversé mes écorces de chêne ! J'aurai des indices certains et je n'aurai pas besoin de courir après les attorneys. Je veux suivre ma propre inspiration dans cette affaire ; je sais, par expérience, que je m'en suis toujours bien trouvé.

Quand les ténèbres de la nuit se furent épaissies, notre homme sage se dirigea vers le bois pour consulter le devin. Le second roi des Gipsies résidait dans une hutte faite de branches d'arbres. Le bedeau se courba, mais pas assez; car, quoique son corps fût presque plié en deux, sa perruque resta accrochée à une branche. Il fut tiré de cette fâcheuse position par le roi lui-même. A la lueur de charbons ardents, il aperçut la personne de sa majesté gipsienne. Cette clarté douteuse lui donnait un aspect si favorable, que notre homme se sentit frappé de respect. Il oublia complètement la cathédrale d'Héreford, les écorces de chêne, et les gants de Limerick. Il resta quelque temps sans voix, ce dont profita la reine des Gipsies pour débarrasser adroitement ses poches de tous les objets superflus. Quand il fut revenu à lui, il adressa solennellement les questions suivantes au roi des Gipsies, qui y répondit :

— Connaissez-vous un dangereux Irlandais qui, pour des desseins mieux connus de lui que de nous, est venu s'établir à Héreford ?

— Oui, nous le connaissons.

— Vrai ! et que savez-vous de lui ?

— Que c'est un dangereux Irlandais.

— Bien ! c'est lui, n'est-ce pas, qui a renversé ou fait renverser mon tas d'écorces de chêne ?

— C'est lui.

— Et qui a fait perdre mon chien Jowler qui gardait ma tannerie ?

— C'est la personne que vous soupçonnez ?

— Et c'est la personne que je soupçonne qui a fait le trou sous les fondations de la cathédrale ?

— C'est la même personne et non une autre.

— Et dans quel dessein a-t-elle fait ce trou ?

— Pour un dessein qui ne doit être dit à personne,

8

répliqua le roi des Gipsies, en inclinant la tête d'un air mystérieux.

— Mais il peut m'être dit à moi. C'est moi qui l'ai découvert. Je suis l'un des bedeaux ; il est donc convenable que le dessein de faire sauter la cathédrale me soit révélé afin que je le fasse connaître.

— Fais attention à mes paroles,
Homme sage d'Héreford,
Personne ne sera en sûreté
Tant que l'homme méchant sera ici.

Cet oracle, déclamé par Bampfylde avec tout l'enthousiasme d'un inspiré, eut sur notre homme tout l'effet désirable. Il quitta le roi des Gipsies avec la plus haute idée du jugement de sa majesté et du sien propre. En conséquence, il se résolut à porter, dès le lendemain matin, ses importantes découvertes au maire d'Héreford.

Le hasard voulut que, pendant que M. Hill adressait ses questions à Bampfylde second, il survint à la porte, ou à l'entrée de la salle d'audience, un faneur Irlandais qui désirait consulter le devin sur une bourse de cuir qu'il avait perdue en fanant. C'était la même personne qui, comme nous l'avons rapporté, avait parlé si avantageusement de notre héros O'Neill à la veuve Smith. Comme cet homme, dont le nom était Paddy M'Cornack, se tenait à l'entrée de la hutte du roi des Gipsies, son attention fut éveillée par le nom de O'Neill plusieurs fois répété, et il ne perdit pas un mot de ce qui fut dit. Il eut sujet d'être quelque peu surpris d'entendre Bampfylde assurer que c'était O'Neill qui avait renversé le tas d'écorces.

— Par le ciel, se dit-il, le vieux coquin est dans l'erreur, j'en sais plus que lui là-dessus, sans offense pour sa majesté. Je parie qu'il en sait autant sur ma bourse que sur les écorces et sur le chien. Je garderai mon argent dans ma poche et je ne le donnerai pas à ce roi des Gipsies, comme on l'appelle. Autant que je puis le conjecturer, ce n'est qu'un fripon.

Mais, c'est en tête à tête que je voudrais le dire à ce sorcier lui-même. Il n'accomplira pas ses desseins aussi facilement qu'il le croit. Il ne ruinera pas un innocent compatriote, tant que Paddy M'Cornack aura une langue et une tête.

M. O'Neill n'avait pas renversé le tas d'écorces. C'était lui-même, Paddy M'Cornack, qui, dans l'accès de son ressentiment pour l'injurieuse arrestation du gantier, avait poussé ses camarades, les faneurs, à ce méfait. En le leur commandant, il croyait faire l'acte le plus habile et le plus spirituel.

Il y a un étrange mélange de vertus et de vices dans l'esprit des Irlandais de la basse classe, ou plutôt le bien et le mal se mêlent chez eux dans une étrange confusion par suite de leur mauvaise éducation.

Dès que le pauvre Paddy eut trouvé que son acte si spirituel devait causer la perte de son compatriote, il résolut de réparer sa folie par tous les moyens en son pouvoir. Il rassembla ses compagnons, et leur dit de l'aider à relever ce qu'ils avaient renversé. Ils se mirent à l'œuvre dès que tout le monde, à ce qu'ils croyaient, fut endormi dans Héreford. Ils venaient de terminer leur tâche, et se disposaient à s'en aller, à l'exception de Paddy qui finissait une pile, quand ils entendirent une voix forte, criant :

— Qui est là? à la garde! à la garde!

Immédiatement tous les hommes s'enfuirent, aussi vite qu'ils purent. C'était le garde, placé près de la cathédrale, qui avait donné l'alarme. Paddy fut pris près du tas d'écorces et placé pour la nuit dans une chambre de sûreté.

— Puisque je suis si bien récompensé pour avoir fait une bonne action, se dit-il, j'en suis bien fâché, une autre fois on ne m'y prendra pas!

Bampfylde II n'eut pas une bien digne contenance. (page 181)

III. — DEVANT M. MARSHAL

Heureusement, le pays avait pour maire M. Marshal. C'était un homme qui joignait à une connaissance exacte des devoirs de sa charge, le talent de découvrir la vérité au milieu des assertions les plus contradictoires et l'art heureux d'adoucir les passions les plus violentes. On disait, dans Héreford, que personne n'était sorti du tribunal de M. Marshal aussi triste qu'il y était entré.

Le magistrat avait à peine fini de déjeuner, lorsqu'on le prévint que M. Hill, le bedeau, demandait à lui parler pour une affaire de la plus grande importance. Il le fit entrer immédiatement, et, après avoir pris un siège, le bedeau lui fit ses confidences.

— Il se passe quelque chose de triste à Héreford, Monsieur le Maire ; quelque chose de bien triste, Monsieur !

— Quelque chose de triste? Quoi, on m'avait dit que c'était quelque chose de joyeux! Un bal a eu lieu la nuit dernière.

— Malheureusement, Monsieur Marshal, malheureusement, comme pensent avec raison ceux qui voient dans les affaires aussi loin que moi.

— Heureusement, Monsieur Hill, dit M. Marshal, en riant, heureusement, comme pensent avec raison ceux qui ne voient dans les affaires pas plus loin que moi.

— Mais, Monsieur, répartit le bedeau, avec encore plus de solennité, il n'y a pas là matière à rire. Ce n'est pas le moment de plaisanter; je vous demande pardon, Monsieur le Maire. Quoi! la nuit de ce bal diabolique, notre cathédrale a été sur le point de sauter en l'air et d'être renversée jusqu'en ses fondements, si je n'avais pas été là, Monsieur.

— Vrai! Monsieur le bedeau, je vous en prie, dites-moi comment et par qui la cathédrale devait

être renversée? Qu'y avait-il de diabolique dans
ce bal?

Alors M. Hill développa à M. Marshal toute l'histoire de l'aversion qu'il avait conçue contre O'Neill,
et ses justes soupçons à son endroit, dès le premier
moment qu'il le vit à Héreford. Il raconta de la manière la plus prolixe tout ce que le lecteur connaît
déjà, et finit par dire qu'il était sûr des faits exa-
minés par lui avec le soin le plus scrupuleux; qu'il
espérait que le vilain Irlandais serait promptement
traduit devant la justice pour subir le châtiment qu'il
méritait.

— Il sera traduit devant la justice et subira le châtiment qu'il mérite, dit M. Marshal; mais avant que
vous ne prêtiez serment, vous aurez la bonté de me
dire comment vous avez acquis la certitude de ce
que vous appelez « ses actes ».

— C'est un secret que je ne confierai qu'à vous. Et
il murmura à l'oreille de M. Marshal que ses informations lui venaient de Bampfylde, second roi des
Gipsies.

M. Marshal éclata de rire ; puis, reprenant son
sérieux, il ajouta :

— Mon bon Monsieur, je suis heureux que vous
ne **soyez** pas allé plus loin dans cette affaire, et que

personne, si ce n'est moi, ne sache que vous avez été sur le point de faire commencer des poursuites contre un homme, sur la parole de Bampfylde, second roi des Gipsies. C'eût été vous livrer à la raillerie du public jusqu'à la fin de vos jours. Pourquoi un homme grave comme Monsieur Hill, un bedeau, veut-il devenir la risée d'Héreford?

M. Marshal connaissait bien le caractère de l'homme qu'il avait devant lui. Sur toutes choses, il craignait la raillerie. Le visage de M. Hill devint rouge pourpre. Comme il avait dérangé sa perruque sous prétexte de l'arranger, on vit que le rouge lui était monté au-dessus du front, même sur la tête.

— Oh ! monsieur Marshal, dit-il, si je dois devenir un objet de risée, c'est ce à quoi je n'ai pas regardé. Il y a dans Héreford plusieurs hommes à qui j'ai fait part du trou sous la cathédrale : ils n'ont pas cru qu'il y eût matière à rire et ils ont été précisément de mon avis sur tous les points.

— Avez-vous dit a ces gentlemen que vous aviez consulté le roi des Gipsies ?

— Non, Monsieur.

— Alors, je vous donne l'avis d'être sur ce fait aussi discret que je le serai.

— M. Hill, dont l'imagination flottait entre le trou

de la cathédrale et son tas d'écorces d'abord, ensuite entre son tas d'écorces et son chien Jowler, revenait du chien au tas d'écorces. Après qu'il eût exagéré ce qu'il avait déjà dit sur ces différents points, M. Marshal l'attira doucement vers une fenêtre, et, lui mettant entre les mains une lorgnette, lui dit de regarder vers sa tannerie, et lui demanda ce qu'il voyait. A sa grande surprise, M. Hill vit son tas d'écorces relevé.

— Ce n'était pas ainsi cette nuit, s'écria-t-il en se frottant les yeux. C'est quelque sorcier qui se joue de moi.

— Non, ce n'est pas l'œuvre d'un sorcier, c'est votre ami Bampfylde, second roi des Gipsies, qui en est la cause. Voilà l'homme qui l'a renversé et qui l'a relevé ensuite.

Après ces mots, M. Marshal ouvrit la porte d'un cabinet voisin et appela le faneur irlandais, qui était enfermé depuis une heure. Le garde, qui avait pris Paddy, était venu chez M. Hill pour lui raconter ce qui était arrivé; mais celui-ci n'était pas chez lui.

A sa grande surprise, le tanneur entendit toute la vérité de la bouche de ce pauvre diable; mais il n'eut pas plus tôt appris que O'Neill était innocent sur ce point, qu'il revint à son autre chef d'accusation : la perte de son chien.

Le faneur irlandais fit quelques pas, et, avec un singulier mouvement des hanches et des épaules que ceux-là seuls qui l'ont vu peuvent se représenter, il s'écria :

— S'il plait à votre honneur, j'ai quelque chose à dire sur ce chien?

— Dites, répondit M. Marshal.

— Plaise à votre honneur, si l'on veut bien me pardonner, et me relâcher pour avoir renversé le tas d'écorces du gentleman, je dirai tout ce que je sais sur le chien.

— Si vous me dites quelque chose sur mon chien, dit M. Hill, je vous pardonnerai volontiers l'affaire du tas d'écorces, d'autant plus que vous l'avez relevé. Dites-nous la vérité. N'est-ce pas O'Neill qui a fait perdre mon chien?

— Non, du tout, plaise à votre honneur. La vérité est que je ne sais rien du chien, soit en bien, soit en mal. Mais je sais quelque chose de son collier, si votre nom est M. Hill, votre honneur, comme je le crois.

— Mon nom est Hill, poursuivit le tanneur, avec

beaucoup de vivacité. Vous savez quelque chose sur le collier de mon chien Jowler?

— Plaise à votre honneur, ce que je sais, je l'ai appris l'avant-dernière nuit chez un prêteur sur gages qui demeure dans la ville; car, pendant la nuit, cette nuit mémorable pour M. O'Neill, où il fut arrêté, j'avais été envoyé chez un juif prêteur sur gages par sa mère, pauvre créature qui se trouvait alors dans un grand chagrin.

— C'est très probable, interrompit M. Hill; mais poursuivez l'histoire du collier : que savez-vous du collier?

— Il m'envoya, — je vous dis tout, plaise à votre honneur, pour vous montrer l'affaire sous toutes ses faces, — il m'envoya chez un juif prêteur sur gages. La nuit étant fort avancée et très noire, j'eus toute la peine du monde à trouver la porte qui était fermée. A l'intérieur de l'habitation, je ne vis qu'un cordon de sonnette. Je le tirai et j'éveillai un enfant, qui se leva, et, prenant un flambeau, me guida au pied de l'escalier qui conduisait à la chambre de son maître. Il me laissa au bas de l'escalier, mit le flambeau à mes pieds et monta les degrés conduisant à la chambre de son maître, qu'il éveilla. Pendant son absence, je jetai les yeux autour de moi pour me reconnaître. Je vis de vieux habits, des guenilles, des chiffons. Il y avait aussi un *trusty* de drap grossier.

— Un *trusty*, dit Hill, qu'est-ce que c'est? je vous prie.

— Un habit de drap fort, sûrement, plaise à votre honneur. Il y avait là, dis-je, un habit de drap fort grossier, sur lequel je jetai les yeux dans le dessein de l'acheter, puisque j'avais, le croyais-je, assez d'argent dans ma petite bourse. Mais, je ne veux pas fatiguer votre honneur, en lui disant que j'avais perdu ma bourse dans les champs, ainsi que je m'en aperçus plus tard. Pour ce qui regarde l'habit, je le soulevai de terre pour voir s'il me convenait. En le secouant, je sentis un rude coup sur les mains. C'était dans la poche de l'habit. J'y cherchai pour voir, et j'en tirai un marteau et un collier de chien. C'était étrange de trouver ces deux objets ensemble. Avant que l'enfant ne redescendît, je me hâtai d'épeler les deux noms marqués sur le collier. Quelques lettres du premier nom étaient effacées, de sorte que je ne pus rien connaître. Le deuxième était facile à lire : c'était Hill.

Cette histoire fut racontée sur un ton et avec des gestes si nouveaux et si étranges pour des yeux et des oreilles d'Anglais, que notre bedeau ne put s'empêcher de rire.

M. Marshal envoya une sommation au prêteur sur gages, pour savoir comment il était devenu propriétaire du collier. Le prêteur, voyant qu'il ne pouvait éviter la prison, comme recéleur d'objets qu'il savait volés, se décida à avouer que le collier lui avait été vendu par Bampfylde, second roi des Gipsies.

Un mandat d'arrêt fut immédiatement décerné contre Sa Majesté. Hill fut fort alarmé à l'idée qu'on pourrait savoir, dans Héreford, qu'il avait été sur le point de faire commencer des poursuites contre un innocent, sur la dénonciation d'un voleur de chien et d'un Gipsie.

Bampfylde II n'eut pas une bien digne contenance, quand il se trouva en présence du magistrat. Son astrologie ne put le sauver.

L'assertion du prêteur sur gages était si positive, sur le fait de lui avoir vendu le collier, qu'il ne resta de ressource à Bampfylde que d'en appeler à la bonté de M. Hill. Il tomba à ses genoux et avoua que c'était lui qui avait volé le chien, parce que, en aboyant si fort contre lui, il l'empêchait de commettre certains petits vols qui l'aidaient à vivre, lui et ses divinations.

— Ainsi, dit M. Marshal, avec une sévérité qui ne lui était pas ordinaire, pour vous mettre à couvert, vous avez accusé un innocent; vous l'avez exposé à être chassé d'Héreford, vous avez mis pour toujours deux familles en hostilité l'une contre l'autre, et tout cela pour cacher que vous avez volé un chien!

Le roi des Gipsies fut, sans autre forme, enfermé dans une maison de correction. Nous ne devons pas omettre de dire que, dans les recherches qui furent faites, le faneur irlandais retrouva sa bourse, dont un personnage de la suite du roi s'était emparé. Toute la tribu des Gipsies décampa sur la nouvelle de l'emprisonnement de son monarque.

M. Hill s'était tenu dans un profond silence, appuyé sur sa canne, pendant que l'on jugeait Bampfylde II. La crainte du ridicule luttait chez lui avec son entêtement naturel. Il était effrayé à l'idée que le public saurait qu'il avait été pris pour dupe par le roi des Gipsies; il n'abandonnait pas encore ses préjugés contre le gantier irlandais.

— Mais, Monsieur le Maire, dit-il, il n'a pas encore été question du trou sous les fondations de la cathédrale. Ce trou a toujours été et sera toujours pour moi un sombre mystère. Je ne puis avoir bonne opinion de cet Irlandais, tant que je ne serai pas éclairé là-dessus, et je ne puis croire encore la cathédrale en sûreté.

— Ah! répliqua M. Marshal avec un sourire railleur, je suppose que les vers de l'oracle sont encore présents à votre mémoire, monsieur Hill. Ils sont excellents dans leur genre. Il faut que je les sache par cœur, afin que si l'on me demande pourquoi vous avez pris de l'aversion contre le gantier irlandais, je sois capable de répondre :

> — Fais attention à mes paroles,
> Homme sage d'Hereford,
> Personne ne sera en sûreté
> Tant que l'homme méchant sera ici.

— Vous m'obligerez, Monsieur le Maire, dit le bedeau, si vous voulez ne pas répéter ces vers, ni rappeler devant personne l'affaire du roi des Gipsies.

— Je vous obligerai, si vous voulez m'obliger. Voulez-vous me dire franchement si, depuis que vous savez que M. O'Neill n'a pas volé votre chien, n'a pas renversé vos écorces, vous êtes disposé à lui pardonner sa qualité d'Irlandais, lorsque le mystère, comme vous l'appelez, du trou de la cathédrale sera éclairci?

— Mais il n'est pas éclairci du tout, je le répète

s'écria le bedeau, soulevant sa canne de ses deux
mains et en frappant fortement le plancher ; quant à
sa qualité d'Irlandais, je n'ai rien à en dire, je n'en
dis rien, car je sais que nous naissons où il plaît à
Dieu et qu'un Irlandais peut être aussi vertueux
qu'un autre. Je ne suis pas de ces esprits ignorants
et antilibéraux qui ne trouvent d'estimable qu'un
homme né en Angleterre. D'ailleurs, l'Irlande fait
aujourd'hui partie des domaines de Sa Majesté. Je le
sais bien, monsieur le Maire, je ne puis douter,
comme je l'ai dit déjà, qu'un Irlandais ne soit aussi
bon et même meilleur que bien des Anglais.

— Je suis heureux de vous entendre parler aussi
raisonnablement, comme un Anglais, ou, pour mieux
dire, comme tout homme devrait le faire. Je suis convaincu que vous avez trop le respect de l'hospitalité
anglaise, pour persécuter un étranger inoffensif, qui
est venu se confier à notre justice et à notre hospitalité.

— Je ne veux pas persécuter un étranger, Dieu
m'en préserve, monsieur le Maire, surtout si, comme
vous le dites, il est inoffensif.

— Et si, non seulement, il est inoffensif, mais
encore disposé à rendre service à ceux qui en auront
besoin, ne rendrions-nous pas le mal pour le bien
en le persécutant ?

— Sûrement, ce serait contraire à la charité, et, de plus, un scandale, ajouta le bedeau.

— Alors, dit M. Marshal, voulez-vous venir avec moi chez la veuve Smith, cette pauvre femme, dont la maison a été brûlée l'hiver dernier? Ce faneur, qui loge près d'elle, nous montrera bien le chemin de son nouveau domicile.

Dans l'interrogatoire de Paddy M'Cornack, celui-ci avait raconté toute l'histoire pour la faire connaître, disait-il, sous toutes ses faces, et le magistrat avait ainsi appris bien des traits d'humanité et de bonté de M. O'Neill. Paddy les révéla pour excuser la force de son attachement pour lui, attachement qui l'avait porté à renverser le tas d'écorces pour venger l'arrestation du gantier. Entre autres détails, Paddy rappela la généreuse conduite de son compatriote pour la veuve Smith. C'est ce dernier point que voulait vérifier M. Marshal, et il prit Hill avec lui, dans l'espoir de lui montrer un côté favorable du caractère d'O'Neill.

Les choses tournèrent justement comme l'espérait M. Marshal. La pauvre veuve et ses enfants racontèrent de la manière la plus simple et la plus touchante de quelle détresse ils avaient été tirés par un « bon monsieur et une bonne dame ». La dame était

Phœbé Hill. Les louanges de sa conduite furent bien délicieuses à l'oreille de son père, dont la passion haineuse s'était un peu affaiblie.

Le bienveillant M. Marshal saisit le moment où il vit que le cœur de M. Hill était touché, et lui dit :

— Il faut que je fasse connaissance avec ce M. O'Neill. A coup sûr, nous autres, habitants d'Héreford, nous devons bien accueillir un étranger doué de tant d'humanité. Monsieur Hill, voulez-**vous** venir dîner chez moi, demain, avec lui?

M. Hill allait accepter la proposition, quand le souvenir de tout ce qu'il avait dit à son club sur le trou de la cathédrale lui traversa l'esprit. Il prit M. Marshal à part, et lui dit tout bas :

— Mais, Monsieur, l'affaire du trou de la cathédrale n'est pas encore éclaircie ?

En ce moment, la veuve Smith s'écria :

— Ah! voici ma petite Mary. — C'était une de ses enfants, qui venait en courant, — une petite fille pour laquelle la dame a été bien bonne, Monsieur. — Faites la révérence, mon enfant. Où avez-vous été tout ce temps?

— Maman, dit l'enfant, j'ai été montrer mon rat à la dame.

— Que Dieu la bénisse ! Messieurs, l'enfant m'a

demandé plusieurs fois dans la journée d'aller voir avec elle ce rat qu'elle a apprivoisé, mais je n'en ai pas eu le temps. Je m'étonne de l'attachement de l'enfant pour une telle créature. Ma chère, parlez à ces messieurs, du rat, votre ami. Pour moi, ce que je sais, c'est qu'elle n'a jamais le moindre morceau à manger pour son souper ou son déjeuner, sans qu'elle en garde quelque peu pour son favori. Elle et ses frères l'ont trouvé du côté de la cathédrale.

— Il sortait d'un trou qui est sous la galerie de la cathédrale, dit le plus vieux des enfants. Souvent, nous nous sommes amusés à le regarder, souvent aussi nous lui avons porté des vivres, et il est presque apprivoisé.

Pendant que l'enfant parlait, M. Marshal et M. Hill s'entreregardèrent, et la crainte du ridicule saisit de nouveau ce dernier, quand il commença à se douter, qu'après tout ce qu'il avait dit et fait, la montagne pourrait bien enfanter une souris.

M. Marshal, qui vit tout ce qui se passait dans son âme, réprima un léger sourire et dissipa ses craintes. Il dit seulement d'un ton grave à la petite fille :

— Je crains bien, ma chère, que nous ne soyons obligés de vous priver de votre distraction. M. le Bedeau, que voici, ne voudra point souffrir de trou de rat dans sa cathédrale. Mais, pour vous dédommager de la perte de votre favori, je vous donnerai un joli petit chien, si vous le voulez bien.

L'enfant fut enchantée de cette proposition. Sur le désir de M. Marshal, elle le conduisit avec M. Hill vers la cathédrale. Ils se placèrent à quelque distance du trou qui avait causé tant de bruit. L'enfant appela le terrible ennemi, et M. Hill, avec un sourire forcé, dit :

— Je suis charmé de voir qu'il n'y a rien à craindre. Mais, plusieurs membres de notre club avaient été de mon opinion. S'ils n'avaient pas soupçonné O'Neill, je suis sûr que je ne vous aurais jamais donné toute la peine que vous avez prise ce matin, Monsieur le Maire. Mais, comme le club ne sait rien de ce vagabond de roi des Gipsies, j'espère que vous voudrez bien ne pas leur révéler cette prophétie et même pas un mot de tout ce qui s'est passé. Je suis bien fâché de vous avoir donné tant de peine.

M. Marshal l'assura qu'il ne regrettait point le temps qu'il avait passé à éclaircir ses mystères et à détruire ses soupçons. M. Hill accepta avec joie l'invitation qui lui avait été faite de se rencontrer, le lendemain chez lui, avec O'Neill. Cette rencontre devait amener l'une des deux parties à la raison et à la bonne entente ; il restait à engager l'autre à la réconciliation.

O'Neill et sa mère étaient d'une nature sensible, et oubliaient facilement. L'arrestation du fils était encore présente à leur souvenir ; mais, quand M. Marshal leur eût dit toute l'affaire, et tous les préjugés du bedeau, ils prirent la chose en riant, et M. O'Neill dit qu'il était disposé à tout oublier et à tout pardonner.

D'ennemis mortels, le tanneur et le gantier d'Héreford devinrent bons amis et purent se convaincre par leur propre expérience que rien ne leur était plus avantageux que de vivre dans une parfaite union. A M. Marshal, il restait la joie d'avoir réconcilié les deux familles.

FIN

TABLE

FIN DE LA TABLE

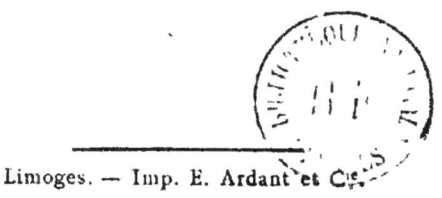

Limoges. — Imp. E. Ardant et Cⁱᵉ.

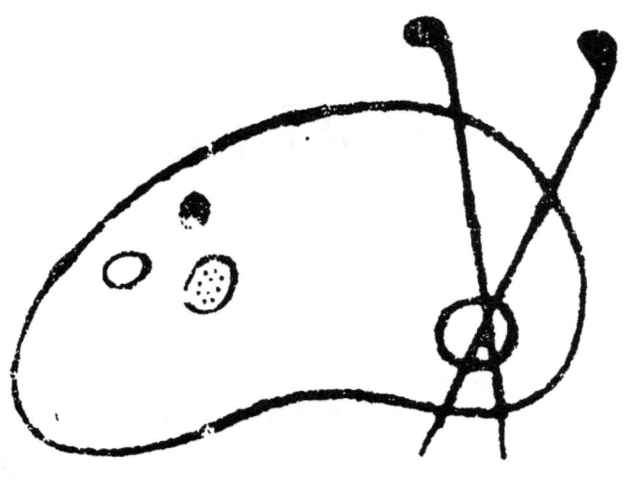

Début d'une série de documents
en couleur

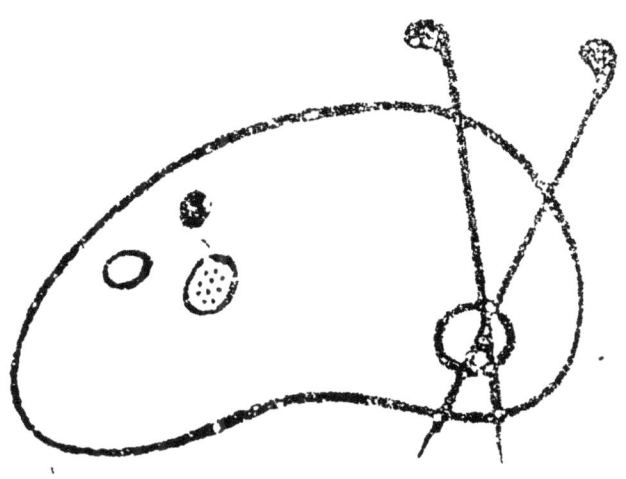

Fin d'une série de documents
en couleur